夜闯神秘岛

少 年 科 幻 大 世 界 丛 书

王国忠 陈渊 盛如梅 / 主编

YECHUANG SHENMI DAO

广西科学技术出版社

图书在版编目（CIP）数据

夜闯神秘岛 / 王国忠，陈渊，盛如梅主编. —南宁：
广西科学技术出版社，2012.8（2020.6 重印）
（少年科幻大世界丛书）
ISBN 978-7-80619-346-4

Ⅰ．①夜… Ⅱ．①王… ②陈… ③盛… Ⅲ．①儿童
文学—科学幻想小说—小说集—世界 Ⅳ．① I18

中国版本图书馆 CIP 数据核字（2012）第 192636 号

少年科幻大世界丛书
夜闯神秘岛

王国忠　陈　渊　盛如梅　主编

责任编辑	方振发	封面设计	叁壹明道
责任校对	梁　斌	责任印制	韦文印

出 版 人　卢培钊
出版发行　广西科学技术出版社
　　　　　（南宁市东葛路 66 号　邮政编码 530023）
印　　刷　永清县晔盛亚胶印有限公司
　　　　　（永清县工业区大良村西部　邮政编码 065600）
开　　本　700mm×950mm　1/16
印　　张　14
字　　数　180 千字
版次印次　2020 年 6 月第 1 版第 5 次
书　　号　ISBN 978-7-80619-346-4
定　　价　28.00 元

前　言

　　科幻小说和根据科幻小说改编成的科幻电影，常被认为是给少年儿童看的。当然，少年儿童对未来充满希望、充满幻想，他们憧憬未来科学能出现意想不到的奇迹，想知道 10 年、100 年，甚至更长的时间以后的世界会是个什么样子。然而许多成年人也喜欢读科幻作品、看科幻电影，包括大学教授、作家和科学家。在美国，《侏罗纪公园》《外星人》两部电影，是有史以来电影经济收益最高的。《第三类接触》《全面回忆》《星球大战》《疯狂的麦克斯》《异形》《终结者》等科幻影片都使成人和少年儿童入迷。与这些影片相关的小说，也成了少年儿童课余、成人业余喜欢读的畅销书。

　　科幻作品之所以令人着迷，是因为科幻作品与人类科学技术文明发展的成果血肉相连。这一特殊的文学，具有激动人心的超时代想象和积极的社会功能，极有利于激发人的创造性、想象力和科学探索精神。

　　世界上第一部科幻小说《弗兰肯斯坦》（又译《科学怪人》），通过一个双重性格的形象，揭示了人类与科学、科学与社会发展的关系及后果。后来，法国作家儒勒·凡尔纳又在科学知识基础上创作出一系列的科幻故事。他在作品中所作的预言，一次次地被科学的发展所证实。英国的乔治·威尔斯及后米不少严肃的科幻作家，把科学幻想和推理同社会学结合起来，以生动感人的小说形式，揭露了现实社会的矛盾和冲突。科幻小说这一特殊的文学，正在以发人深省的预见性和深刻的社会寓意，将人与自然，自然与社会，宏观与微观，过去、现在和未来及其变异等无所不包的疑问，推到社会面前，让人们去思考与鉴别。正因为如此，世界各国逐渐意识到科学幻想小说在青少年教育中的重要作用，早在20世纪六七十年代，有些发达国家就已将科学幻想课程列入学校教育计划。

为此，我们产生了编选一套《少年科幻大世界》丛书的想法，并准备精选一部分世界当代科幻小说的优秀作品，改写成故事，配上精美的图画。感谢广西科学技术出版社领导的支持，和全国科幻创作界的朋友们（包括港台的朋友）、翻译界的朋友们的大力帮助。现在首次与少年朋友见面的5本科幻故事，内容有关宇宙太空和异星生物的追踪和探索，科学实践与未来社会、生态平衡的破坏引发灾难、机器人与人类社会、时空转换和奇异世界历险，以及进化与变异等题材。这些作品科学构思大胆神奇，幻想色彩浓郁绚丽，寓意深刻发人深思，故事情节跌宕起伏，悬念迭起，扣人心弦，十分耐看。

这些故事不仅可以满足少年朋友对世界科幻作品的渴望，丰富他们的课余文化生活，而且有利于激起他们的创造想象力和求知的热情，引导他们去追求真、善、美，警惕假、恶、丑，从而培养勇敢的探索精神。我们殷切地期望，广大少年朋友关心这套丛书，积极提出宝贵的意见，帮助我们把这套《少年科幻大世界》丛书编得更好！

主　编

目 录

雪山魔笛 ································ （1）

苍蝇 ·································· （17）

奇妙的诊断器 ·························· （31）

土拨鼠的传奇 ·························· （38）

火星人 ······························ （65）

夜闯神秘岛 ···························· （81）

金色流星锤 ··························· （111）

魔村 ································· （128）

公元 2660 年的纽约 ··················· （142）

波 ·································· （154）

"天堂"星异事 ························· （178）

超级公寓 ····························· （187）

两个"小祖宗" ························ （200）

雪山魔笛

我们在喜马拉雅山中的天嘉林寺废墟进行考古发掘，已经有三个月了。这里面对一个幽静的湖泊，湖畔的原始森林里隐藏着许多动物，是一片与世隔绝的地方。

传说天嘉林寺最后一届高僧拉布山嘉措精通巫术，有一支魔笛，可以召唤山精现形，前来听他讲经。虽然我不相信，但是许多人都曾亲眼目睹，如果说全属虚构，似乎也不合情理。

天嘉林寺还残余着一座经堂，堂内供奉着红教主神之一的降魔天尊的塑像，是我们研究的重点对象。当我们拍摄了它的照片，测绘员索伦和一个来实习的女大学生冯元，忽然发现

脱落了泥胎的佛像腹部有一扇小门。

我和精通古藏语的次仁旺堆立刻赶过去观察。打开门后，找到一个铜盒，里面放着一支人骨制的笛子，一卷羊皮纸的手抄本，写满了古老的藏文。

次仁旺堆仔细看完了，脸上露出了困惑。

"这是天嘉林寺毁灭的前夕一个喇嘛留下的记载，"他慢慢地说，"根据这一记载，保存在铜盒里的人骨笛，应该就是拉布山嘉措大师的魔笛。"

"什么？"好几个声音同时发出了惊呼。

"是的，这就是那支传说中的魔笛，"次仁旺堆又重复了一次，"这个喇嘛对于魔笛的作用是深信不疑的，他之所以要写下这份文书，就是警告后世得到这支魔笛的人，千万不可将它吹响，特别不可在黑夜吹响，因为太阳落山以后，正是山精活动的时候，只要听到笛声，他们马上就会出现……"

这是真的吗？索伦和冯元都不相信，我也半信半疑。

索伦说："最好的办法，就是立刻吹响这支魔笛。现在正是夜晚，如果笛声真的召来了山精，就证明拉布山嘉措确实法力无边。如果啥事也没有，就是一个骗局。"

说着，他就把笛子举到唇边。次仁旺堆来不及阻止他，他已经吹出

了一阵低沉的呜呜的声音，在寂静的夜空里，有一种粗犷原始的意味。

笛声吹了一阵，周围仍然是深沉的寂静。

索伦长长地吹了三次，仍然悄无声息。但是不知什么原因，每一个人都感到了一种紧张的期待的气氛。

索伦放下了笛子，满脸都是揶揄的笑容。他刚要向次仁旺堆说点什么，但是当他的视线接触到冯元的时候，却突然怔住了。

我们几乎同时都发现了冯元异常的神态，两眼盯着帐篷的门口，一动也不动，似乎是在凝神

倾听什么声音。

"我……我……"她的嘴唇颤抖着,"我好像听到帐篷外面有轻微的脚步声。"

"你一定听错了,"我说,"说不定是只什么野兽跑到营地来了。"

冯元执拗地摇摇头:"不是野兽,确实是人的脚步声。"

更加奇怪的事情在后面。

第二天清晨,我正在酣睡,忽然被人急促地摇醒了。

我睁开眼睛,发现是索伦在喊我,这时天色刚刚黎明。从帐篷缝隙透进来的微光里,我看到他紧张的神色,立刻知道有什么意外的事件发生了。

"什么事?"我问道。

"老王,你快去看看!"

"看什么?"

"昨天小冯没有听错,帐篷外面是有……是有人来过,雪地上留有他的奇怪的脚印。"

他不是开玩笑。我连忙披上衣服,跟着他来到帐篷外面。

我低下头看了一眼,不知道是由于凛冽的寒意还是由于紧张,不觉打了一个寒噤。

雪地上,清晰地出现了两行脚印。这明显是一种两足动物的脚印,一左一右地排列。脚印分两行,一来一往,每一步的跨度在四十厘米左右,似乎是一个用两足行走的生物异常谨慎地来到了帐篷门口,窥探以后,又走了回去。

我镇定下来,蹲下去仔细地观察。每个脚印长约三十厘米,显示了一个短而宽的大拇指,不与其余四趾相并,而是单独向旁斜伸。其余的脚趾也很短,后跟圆而宽。从脚掌的细部来看,它有一定弧度的足弓,但又不像人类的那么明显。我立刻判断出这不是人类的脚印,但又不是猿类的脚印,更不是其他动物的脚印。

索伦的说法是对的，这是组奇怪的脚印。难道"山精"真的出现了吗？

应当承认，冯元的听觉是十分敏锐的。就在离帐篷不远的地方，这个生物曾踩在那个空罐头盒上，尖锐的铁皮可能划破了它的脚掌，所以在旁边还留下了几滴殷红的血迹。

我们追踪这脚印，一直向山坡走去。脚印穿过我们帐篷旁边丛生的云杉，然后进入了一片灌木林，这里地面凹凸不平，而且枯枝很多，观察比较困难。出了树林，脚印就在坡地上一些裸露的花岗岩上消失了。看样子，他是从山上的密林中下来的。

我虽然不能解释这种神秘的脚印的来历，以及它和"魔笛"的关系，但是却知道这是一项极为重要的科学发现。

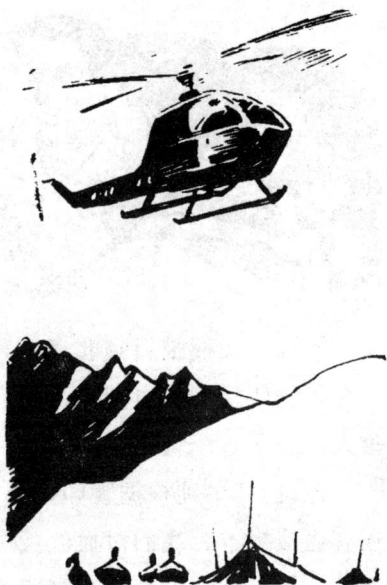

为了保护这一珍贵的资料，我叫索伦选择了几组最清晰的脚印，绘图摄影以后，又浇注了石膏模型。就连罐头盒旁边的血迹，我们也连雪铲起，装进玻璃瓶密封起来。

下一步该怎么办？索伦主张今天晚上再吹一次"魔笛"，同时埋伏几个人在树林里，看看来的究竟是什么东西，如果有可能，最好捕获一个。"管它是人是鬼。"他最后还半开玩笑似的补充了一句。

可是我们不能这样冒冒失失地干。当天下午就用直升机将"魔笛"、手抄本、脚印的照片和模型，以及血液的标本运到拉萨，并且立即转送到北京中国科学院的有关研究所去了。

不久，我们被召到北京，和著名人类学家朱苇教授见面。朱苇教授研究了脚印模型和血液标本后，认为这是一种比北京猿人还要原始的古猿人。

他说："单纯根据脚印，当然是不可能作出确切的结论，幸运的是，还有血液标本。我们对血红蛋白α链上氨基酸的位置、血清蛋白胨等进行了分析，其结果都是和脚印的测定一致，这种动物应该属于高级灵长类，无疑具有介乎人和猿之间的特征。

"生存在一百万年以前的、公认为是早已灭绝了的一种猿人，居然到现在还有孑遗，这是可能的吗？带着这个问题，我们查阅了有关的文献资料，发现从战国时代开始一直到近代，有关康藏高原上'野人'的记载史不绝于书，在两千多年的历史中，看到过'野人'的人很多，描

绘也大致相同：身材高大，有棕色的毛。我们认为，这种记载的'野人'，可能就是藏族传说中的'山精'，实际上就是那种在一百万年以前生存过的猿人。"

性急的冯元按捺不住了，问道："魔笛是怎么一回事呢？"

朱苇微微一笑，又继续讲了下去："这就是我们所要解决的第二个问题。魔笛和猿人究竟有什么关系呢？

"我们用录音机将魔笛的声音录下来，然后对现代生存的四种类人猿——大猩猩、黑猩猩、长臂猿和猩猩——进行了试验。结果电生理仪器告诉我们，在听到这种声音以后，类人猿立刻产生条件反射，胃液、唾液分泌增多，并且顺着发声的方向来寻找食物。而它们自己找到食物以后召唤同伴的声音，也大致和笛声相似。这就使我们有理由推测，拉布山嘉措的魔笛，实际上是模仿猿人觅食的声音而制造的，猿人听到笛声以后，以为这里有食物，自然就会应声前来。过去峨眉山寺庙的老僧呼唤猴群供人参观，也要模仿猴子的声音，这其中并无神奇之处。至于拉布山嘉措是怎么发现这个秘密，当然我们已不得而知。两百多年来笼罩着天嘉林寺

的神秘的色彩，原因也就在这个地方。

"那天晚上，当索伦开玩笑吹响了魔笛以后，可能有一个猿人正在帐篷的附近，他听到这种声音，以为是同伴的召唤，于是悄悄地走到帐篷外面窥探了一下，当他发现这里面都是一些生疏的东西时，立刻警惕地退了回去。但是他的脚印，却留在雪地上了。"

结论十分清楚，这群猿人一定还在天嘉林寺附近。把我们召回北京，就是为了设计一个最好的调查方案。

我们的观测站设置在天嘉林寺废墟的经堂里，经过半个月紧张的筹备，一切仪器终于安置就绪。在旧日的佛龛上，装置着闪烁着红绿信号灯的操纵板，神怪的壁画前面，是大大小小的荧光屏。雷达和电视接收天线，矗立在屋顶的经幡之上。于是，古老和现代，迷信和文明，在这里形成了强烈的对比。这可以说是世界上气氛最为奇特的一座实验室了。

白昼已经消逝，在过去的十几小时中，尽管我们不停地用雷达搜索

着密林和山谷，但是除丛林中常见的野生动物以外，没有发现异常情况，声纳装置也没有接收到大型两足动物的信号。看来生物学家的意见是正确的，猿人在白天没有外出，他们说不定正静静地躲在洞穴里休息。

计时器发出滴答滴答有韵律的声音，时间在流逝。虽然我们都已经值了一整天的班，可是却没有人愿意离开观察室，大家的眼睛，都集中地盯在发着淡绿色光芒的雷达屏幕上。

二十二点。

二十二点三十分。

二十三点。

……

没有情况发生。

忽然在不断接收着回波的雷达屏幕上，出现了一个光点。操纵员调整了一下旋钮，光点迅速变成了一个微弯着腰的人形动物。

戴着耳机的声纳员警告似的举起了一只手。接着，在扩音器里传出了清晰的两足踏在积雪上行走的簌簌的声音。

"方位150，距离20公里。"雷达员报告说。

微型电子计算机立即在立体地形图上标出了准确的位置，红色的指示灯亮了。

朱苇教授揉碎了手中的烟蒂："在 BI 区。看来他们的营地是在康格山峡谷的深处。大家注意，实验开始！"

他按了一个电钮。在二十公里以外的一个预定地点，电子模拟发声装置发出了"魔笛"召唤猿人的声音。

电视机的屏幕亮了。虽然外面是漆黑的夜晚，可是由于新型的红外线摄像装置的作用，我们却清楚地看到，一棵棵盖着雪毡的高大枞树，像墙壁似的从四面包围着一块空地。

在通过电子效应重现的幽暗而苍白的光辉之下，景色寂静而又荒凉，这种情况与真实的夜景迥然不同，好像使我们追溯到若干万年前的岁月，回到了那遥远的古代。

"魔笛"的声音一再重复着。"来了！"朱苇教授平静地说。

一丛灌木几乎微不可见地动了一下，一切又恢复了原状。虽然我们的观察室离现场还有二十公里，大家都知道猿人是无论如何也听不到这里的声音的，可是每一个人都紧张得连大气也不敢出，生怕微微的一点声音，轻轻的一点动作就会去惊动那躲在灌木后面的生物。观察室里静悄悄的，只有仪器发出嗡嗡的声音。

朱苇教授调整了一下"魔笛"的音质，根据类人猿的习惯，这声音已经带有催促的意味了。

灌木又动了起来，枝叶逐渐分开，出现了一个人形的脸，小心地窥探着。

"魔笛"又发出了一次声音，表示安全和满意。

终于，在观察站十几个望眼欲穿的科学家面前，第一次出现了大自然隐藏了一百万年之久的奥秘。一个人形的影子，慢慢地从灌木丛里钻了出来。开始是模糊的，然而随着它逐渐地走近镜头，形象就越来越清楚了。它的头上披着粗长的头发，除脸部以外，全身都有茸毛。前额低平，向后倾斜，眉脊突出，鼻梁低而宽，下颌往后缩，脖子短而粗，整个头部向前伸，就像半低着头的样子。他的身躯十分强壮，两臂很长，相比之下，脚却很短，而且微微弯曲。它围着一块熊皮，一手持着一块拳头大的石制的刮削器。

猿人，这就是早从自然界消失了的猿人，不是博物馆里根据几块化石复原的标本，而是活生生的实体。我的每一根神经都是绷得紧紧的，正亲历了一个具有历史意义的时刻。

猿人并不知道有这么多双眼睛在注视着它的行动。它慢慢地走到空地中央，一路上不停地左顾右盼，保持着高度的警惕，似乎一有风吹草动就准备逃走。然而黑夜仍然像帷幕似的掩护着他，周围仍然是死一般的寂静，他显然放心了。

在空地中央，我们有意识地堆放着一些粮食和牛肉。猿人发现了这么丰盛的食物以后，显然十分兴奋。他回过头去，发出了一种低沉的、音节分明的声音。

"语言，"我听见次仁旺堆轻轻地对朱教授说，"猿人是有语言的。"

"是的，"朱苇教授回答，"从他的行动来看，他们已经习惯夜间行动，这证明他们的视觉和嗅觉是发达的。"

随着这个猿人的召唤，丛林中又出来了另外几个猿人，有男的，也有女的。他们看到了食物以后，脸上都出现了惊喜的表情，互相用那种低沉的语言交谈着，还做着生动的手势。的确，这样长期和严峻的大自然进行生死搏斗的猿人，在隆冬的季节，能找到如此精美的食物，真是一件非同寻常的大喜事啊。

我们兴奋极了，眼看着

他们扛上食物慢慢消失在密林深处。这些朴实的大自然的儿女哪里知道，他们一旦现形，就再也无法逃脱我们的眼睛。通过一系列预先装置的仪器，追踪他们藏身之处，非常简单了。

[中国] 童恩正

殷恩光　插图

苍　蝇

清晨两点钟，我被一阵急促的电话铃声惊醒。"喂！你是费朗索瓦先生吗……"尽管听筒里的声音有些沙哑，但我还是辨别出是嫂子海伦的声音。

"是呀！嫂子，这么晚了，有急事吗？"

"费朗索瓦，你快去警察局报案，你哥哥安得鲁已经被我杀死了……"

我简直不敢相信自己的耳朵，安得鲁和海伦是一对多么恩爱的夫妻，她怎么会杀死自己的丈夫呢？但事关重大，我只好向警察局报了案。

15分钟后，我来到现场。一大批警察已在紧张地工作着。只见安

得鲁像是狂饮后熟睡，但他的脑袋和右臂已被扎锤砸成肉浆。我向警官查拉思如实介绍了安得鲁和海伦恩爱相处的情况，并对海伦是否真是凶手表示了怀疑。

在几次提审中，海伦除承认自己是凶手外，什么问题都不回答。不久，她整天整夜哭哭啼啼，吵吵闹闹。经医生诊断，海伦已疯了，于是她被送到了精神病医院。

查拉思是一位干劲十足的年轻警官。为了使这件人命案能水落石出，每隔几天，他总约我去医院看望海伦，但始终没能从她的嘴里得到更多的情况。唯一使我们感到奇怪的是，海伦总是在捉苍蝇，每抓到一只，都要仔细检查一番，然后放掉。有一天，查拉思忽然对我说："费朗索瓦，尽管医生有诊断，我总感到海伦没有疯，你看她捉苍蝇的神态是十分清醒的。"但我不同意他的看法。不过，几天后发生的一件事，不得不使我肃然钦佩查拉思惊人的洞察力了。

事情是这样的：自我哥哥去世，嫂嫂进了精神病院后，我就担负起抚养哥哥遗留下来的6岁孩子亨利的责任。一天晚上，亨利突然问道："叔叔，苍蝇能活很长时间吗？"对于亨利的这个问题我并不感到奇怪，因为孩子总爱提怪问题。于是我很随便地说："不知道，你问这干吗？"

"因为我又看到了妈妈要找的那只苍蝇。"

亨利的话使我联想到查拉思对海伦的怀疑，奇怪地问："你妈找过苍蝇？"

"是的，这只苍蝇很奇怪，它的脑袋不是黑色，而是白色的，有一对和人一样的眼睛，有一条酷似人手臂的腿……"

通过这件事我也开始怀疑海伦的精神病了。

第二天，我决定不告诉查拉思，独自去医院找海伦。真奇怪，海伦像知道我要来似的，在医院门口迎接我。不等我开口，就说道："费朗索瓦，问你一件事，我想知道苍蝇能活多久？"海伦的话使我非常吃惊，差点要脱口而出："你儿子也提过同样问题。"但我突然感到这可能是问题的关键。于是我谨慎地说："我不太清楚。不过你要找的那只苍蝇我见到过。"

毫无疑问，这句话击中了她的要害，她激动地说："费朗索

瓦，你怎么知道我要找苍蝇的呢？"没等我回答，又接着说："哦，我知道，你准是猜到这件事的真相了吧！"

"不，没有，我只知道一点，你是无罪的，但你必须把事情的全部经过告诉我。"

"那好吧，我让你看一份材料，"说着她随手递给我一个大信封，"费朗索瓦，请回家再看。"说完她就匆匆走向病房。

回到家里，我迫不及待地开这只厚厚的信封，只见上面端端正正地写着：

"到目前为止，只有声音和图片能通过电波在空间传输。然而安得鲁却发现了在空间传输物质的方法。任何物质一旦放入他设计的'输送器'里，就会在一刹那间完全分解，并迅速传输到另一个接收装置中合成再现。这可是一个非常重要的发明，它不仅能输送食物、货物，而且还能输送生物（包括人）。可以想象，一个没有飞机、轮船、火车和汽车的时代即将到来。

"当然，起初我并不知道安得鲁在做什么实验。有一天，他突然冲进我的房间，把一只烟灰缸往我大腿上一搁，说：'海伦，你瞧，在千万分之一秒的时间里，烟灰缸被完全分解了，它的原子在空间以光速飞行，尔后再集结在一起，又变成了烟灰缸。'最初我被他的没头没脑的话弄得莫名其妙，但当我明白过来后，仔细地看了看烟灰缸说：'安得鲁，这真不错，不过要是把我装进输送器里，像烟灰缸那样再现的话，我可害怕极了。'

"'你这是什么意思？'

"'你还记得，印有日本制造几个字。

"'可现在字虽还在那里，不过，安得鲁，你看……'我的话还没有说完，他就把烟灰缸拿了过去，走近窗口

仔细观察。只见他的脸色一下子变得刷白，我知道他肯定看到了烟灰缸底部的四个字已经变成'日本啤酒'。安得鲁似乎忘记了我的存在，一言不发地回到实验室去了。

"过了几天，他又到我房间里对我说：'合成问题中的颠倒问题已经解决了。昨天我第一次用活的小动物做实验，但遭到了惨败。'

"'怎么！安得鲁，你拿我的爱猫坦德罗做试验了？'

"'是啊！你已知道了？'他胆怯地答道，'分解时还算顺利，没想到分解后竟没有在合成器里再现。'

"'啊呀！安得鲁，那它变成什么玩意儿了？'

"'什么也不是，世界上已经失去了坦德罗，只有它的原子在空中游荡。'我一听到爱猫已不复存时，心中不禁勃然大怒，但看到丈夫因实验失败而痛苦的样子时，也就不好再说什么了。

"从此以后，他整天整夜呆在实验室里。一天晚上，他笑容满面地说：'海伦，告诉你一个好消息，试验成功了。我要让你成为看到这种奇迹的第一个人。'说完就往实验室里去。为了祝贺试验成功，我特意拿了葡萄酒和蛋糕。安得鲁高兴地接过盘子，二话没说将它放进输送器里，然后递给我一副乌黑的太阳眼镜，说：'海伦戴好眼镜，实验开始了。'他的话音刚落，就看见一个闪光突然照亮了整个房间，同时还发出噼噼啪啪的声音。很快，一切又恢复了平静。我摘下眼镜，发现输送器里的盘子、葡萄酒和蛋糕都不翼而飞了。这时安得鲁不慌不忙地从合成再现器拿出了经过传输的酒和蛋糕。

"'喝这种酒不会有危险吧？'我疑惑地问。

"'保证没事。当然，这还不算什么，下面我还要用小白鼠做试验。'安得鲁说完真的将一只小白鼠放进了输送器。在经过一番闪光和响声之

后，在合成再现器果然出现这只活蹦乱跳的小生命。安得鲁看到我兴奋而又激动的神色后，平静地说：'海伦，目前还不能肯定，因为我还不知道这小家伙的内脏器官是否完整无损。假如一个月后它还是这么生气勃勃，那才算成功了……'"

看到这里差不多已看完这份材料的一半，我深深被我哥哥的出色研究所感动。为了想要尽快了解事情的发展，我又继续看下去。

"这几天来，从安得鲁的严肃表情中知道实验已进入紧张阶段。出事的那天中午，安得鲁没有出来吃饭，我敲了几次实验室的门，没有回音。正当我要再敲时，忽见门缝下塞出一张纸条，上面写着'别打扰我，我正在工作'。我没有办法，只好独自用餐。这时，亨利走进餐厅，高兴地说：'我捉到一只奇怪的苍蝇，它的头部有一块是白色的……'我不等亨利把话说完，就逼着他把肮脏的苍蝇放掉。

"晚饭的时间又到了，安得鲁还是没有出来。我忐忑不安地又敲响了实验室的门，还是没有回音，但门缝下又塞出一张纸条，'海伦，我遇到麻烦了，你先带孩子去睡觉。一小时后再到我这里来。'看了纸条可把我吓坏了。

"一小时后，我又来

到实验室门口，地上有一张纸条，'……我已经发生了很严重的事故，生死攸关，当然目前尚无危险，不过，我已不能说话了……我已整整一天滴水不进了，请倒一杯牛奶。进实验室后不准朝我看，径直到装有合成再现器的那间房里去，仔细寻找一只苍蝇，它应该在那里的。很不幸，我已无法看见这些小东西了。海伦，你如同意上述条件，请敲三下门'。

"我被吓得浑身发抖，无奈地敲了三下，门徐徐地开了。我一直朝

隔壁房间走去。显然要找到那只苍蝇已是不可能了，因为我本能地感到，他要找的苍蝇，就是被亨利捉住又让我给放掉的那只。

"'安得鲁，这里根本没有苍蝇。能否允许我上你那里找一找，如同意，也请敲三下。等了老半天，总算听到了三下敲桌子声音。我快步走了进去，只见他站在房间当中，一块咖啡色的桌布盖住了他的头和右臂，左手不停摇晃，示意不要靠近他。看到他这样子，我凄惨地说：'安得鲁，明天再找吧……'一声很响敲桌子声打断了我的话，我知道这是反对的表示。此刻我已心慌意乱，无可奈何地将亨利捉到一只白头苍蝇和又让我放掉的事告诉了他。想不到我的话还未说完，就听到他发出一声刺耳的叹息声，同时，那只原先被桌布盖住的右臂垂了下来。啊！我简直不敢相信，这垂下来的已不是肌肉丰满的右臂，倒像一根沾有泥巴的黑色棍棒……这时安得鲁使劲晃动

左手，同时又指了指门。我哭着跑出了实验室，瘫坐在沙发上。不一会，门缝下又塞出一张纸条，'海伦，明天早上再来……希望你镇静、坚强。'

"这一夜我怎么也睡不着。第二天我又来到实验室，将食物放在桌上。只见桌上有张纸条，'……海伦，现在我必须把真实情况告诉你。前天晚上，我成功地把自己输送了一次，然而在第二次输送时，有一只苍蝇趁我不备与我一起进入了分解器。分解后，不知怎的，我的部分信息竟会与苍蝇的部分信息发生了交换，以至于使我失去了视力和说话的能力，并且毁了我的外貌。现在唯一的希望就是找到这只苍蝇，再重新分解一次。请你再仔细找一遍，如果还是找不到，我只好想法结束这一生了'。看到这里，我感到一阵恐怖，安得鲁怎么能死呢？我必须找到那只苍蝇。

"从实验室出来后，我动员好些朋友到处放置能吸引苍蝇的蜜、果酱之类的食品，几天来，尽管捉到了许多苍蝇，但还是没有找到那只要找的苍蝇。在实在没有办法的情况下，只好将找不

到苍蝇的实情告诉了他，安得鲁发出一声令人心碎的叹息。一会儿他又递过来一张纸条，'海伦，虽然我很不情愿，但不得不告诉你，我必须离开这个世界。为了不让任何人知道我发生了什么，我必须采取某种方式来了结自己，但需要得到你的帮助'。

"'安得鲁，无论你作出什么选择，我决不接受一个懦弱的决定。你必须活下去……'说到这里，我忍不住呜呜地哭了起来。哭了一阵后，又说：'安得鲁，我有个主意，你再分解一次，或许能恢复到原来的样子……'我的话还未讲完，就听到他快速的写字声音，随即传过来一张纸条：'我早已考虑过了，但必须要和这只苍蝇一起分解，因为我已单独分解7次了，都无济于事。'

"在我再三要求下，安得鲁总算答应再分解一次。他慢步走向输送器，在闪光和噼啪声之后，我迫不及待地跑向合成再现器。刚从再现器出来的安得鲁，由于没站稳，前后一晃动，盖在他身上的桌布滑了下来。'啊！'我发出了一声尖叫，被安得鲁这个可怕的模样，吓得昏了过去。

"当我苏醒过来时，发现我已躺在会客室的沙发上，安得鲁那恐怖而又可憎的模样又浮现在我眼前：他那白净的前额却变成了灰黑色，而且上面长满了黑

色绒毛，一对炯炯有神的眼睛已变成了苍蝇的复眼，右手臂的形状和苍蝇的脚一模一样，而且也长满了黑色的绒毛……我挣扎着要站起来，忽然发现身边有一张纸条，'现在你明白了吧！可怜的海伦，最后一次试验，竟让你看到了我这个奇丑无比的外貌……好了，只剩下唯一的选择了。具体计划我已拟好……'现在我也只有唯一选择了，那就是句句照他办。我陪他来到工厂的气锤旁，当他平躺在气锤下面时，我就毫不犹豫地按下了键钮。我感到我并非在杀死自己的丈夫，可爱的安得鲁已不复存在了，我只不过在执行他的遗嘱……"

海伦的手稿到此结束了。

第二天一大早，我带着海伦的那个大信封来到查拉思家里，高兴地问："你知道我嫂嫂的情况吗？"

"嗯，刚刚接到医院的电话，她自杀了。"

　　"什么！她也自杀了！"我惊叫着瘫坐在沙发上。过了许久，我才将海伦的手稿交给查拉思。查拉思看完手稿后说："我认为海伦是无罪的。"说完顺手就将它扔进了壁炉，熊熊的烈火一下子就吞噬了海伦的手稿。

[英国] 兰格兰　原作

吴巩展　改写

殷　虹　插图

奇妙的诊断器

内科医生米哈依摘下眼镜，舒展了一下疲乏的肩膀，惬意地眺望着窗外的春色。对面自动化医疗器械研究所屋顶上的电子钟正在不断地变换着数字，已经是 14 点 59 分了。

"一天的忙碌大概差不多了，"米哈依一边把听筒放进抽屉，一边若有所思地说，"今天足足看了 32 个病人，要是真能用上自动听诊器……"

轻轻的敲门声打断了米哈依的沉思。他失望地叹了一口气，气呼呼地喊了一声："进来!"接着，又像平时那样，漫不经心地说："把衣服脱掉，坐到椅子上，哪里不舒服?"

"哎! 医生，我身上痒得难受，要是站在灯光下，还会像火烤那样难受。"一个嘶哑的声音回答着。

米哈依抬头一看，原来是他的好朋友——工程师莱斯萨正装腔作势地冲着他得

31

意地笑着。

"哈哈！原来是你呀！"米哈依高兴地叫了起来，"你这个人总是那样得意。六小时工作还没有把你折腾够，看来在自动机方面你一定又搞出了什么新花样。可我，忙得够呛，哪有心思开玩笑呢。"

"别妒忌他人，"工程师一本正经地说，"你还记得吗？几个月前我们曾谈过这个难题。现在我给你带来了一个东西，你瞧！"说完，工程师打开皮包，拿出了几个由电线连接起来的金属盒子。

"这是什么玩意儿？"米哈依诧异地问。

"它叫'康塞索尔'，或叫'同感器'，也就是你日思夜想的自动诊断器。"工程师说完就忙碌地在米哈依的桌子和椅子上安装起来。不一会，工程师递给米哈依两片金属片，说："你把一根电极握住，另一根放在你的太阳穴上，然

后……"

"你要干什么？拿我做试验吗？我可没有病。"米哈依不安地说。

"请不要见怪，现在不妨来试一下，我当你的病人。这个'康塞索尔'能够接收病人身上的微弱电流，通过放大后再输入到你的神经系统。你就能准确地感觉到病人身上的病痛。"

"'康塞索尔'真有这样的功能？你是在开玩笑吧！"

"老弟，可能咱们平时玩笑开得多了，难怪正经事你也要当做玩笑了。叫我怎么说好呢……反正试验一下你就会知道了。"工程师无可奈何地说。

"这可真是绝妙的东西。从现在起我竟然可以不需要喋喋不休地去盘问病情，就能马上诊断出病人病在哪里，是肝脏，还是阑尾……"

"而且多人道呀！"工程师接口说，"医生同病人完全同病，相'连'。当这个'康塞索尔'一推广，对那些置病人痛苦而不顾的医生老爷们也是一个合理的报复。"

　　试验开始了，工程师坐在病人坐的诊断椅上。米哈依屏住气静候了一分钟，可是什么感觉也没有。于是，他不耐烦地说："嗳！我的发明家，是你身体健康得一点毛病也没有呢？还是这个'康塞索尔'不灵光

呀，我怎么没有丝毫的感觉……"米哈依的话还没有说完，突然感到臀部一阵针刺般的疼痛，连忙从椅子上跳了起来，右手捂住臀部的某一部位，惊讶地问："怎么回事？"

"没有什么可以感到奇怪的，科学研究需要有献身精神，是我把一枚大头针插进了臀部。"工程师带着淳朴的表情解释着。

第二天，第一个来就诊的是一个小伙子。米哈依用"康塞索尔"诊断后，笑着说："那么，照你说，你这儿确实是病了？"

"是呀，医生，痛得很厉害呐！"

"小伙子，你应该想想，你这个地方也病了吧！"米哈依轻轻地拍了一下小伙子的后脑勺，微笑着说，"走吧，上学去。今天大约有什么学科要测验吧？"

"可是我……"

"别说了，你健康得像头牛。测验什么？"

"积分方程……"小伙子红着脸嘟哝了一句。

"那好吧，小伙子，祝你成功。"米哈依目送着慢吞吞向外走去的小伙子，得意地对话筒喊了一声："下一个。"

一个老态龙钟的老头蹒跚地走了进来。几分钟后，通过"康塞索尔"，米哈依和那老头一起忍受了风湿痛。接着他又诊断了一个救护车刚送来的患急性阑尾炎的病号，一个患急性肺炎的小孩……

这一天来，由于"康塞索尔"的神奇作用，大大加快了诊断的速

度。到下午二时半已没有什么病人了。米哈依清闲地坐着，他情不自禁地赞扬起自己朋友的发明，自言自语地说："多妙的诊断器呀，可就是太折磨医生了。不过，为了病人，我一定要向医学协会推荐这个惊人的发明……"

内科诊室的门又被推开了，传来了一阵沉重而又有节奏的脚步声。米哈依头也不抬地吭了一声："请坐下诊断。"

"对不起，我应该坐在哪里？"一个低沉而平淡的声音问道。

"坐在靠背椅上。"

"好，医生，我已经坐好了。"

米哈依一边继续思考着刚刚被打断的问题，一边随手打开"康塞索尔"。

就在这一刹那，一股电流猛烈地袭击米哈依的全身，使他顿时感到一阵难忍的麻木。米哈依赶紧关掉"康塞索尔"，抬头向这个奇怪的病人望去，使他感到万分惊奇的是，诊断椅上坐着的病人竟会是一个呆板的机器人。顿时，米哈依火冒三丈，猛拍了一下桌子，说："滚！你这个怕死的电鬼，马路对面的研究所才是你去的地方。马上滚

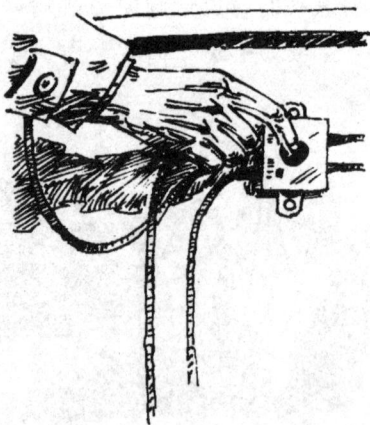

出去!"

待机器人走后,米哈依一下子瘫倒在椅子上,一边不停地揉搓着被电流击麻的身体,一边含糊地骂道:"岂有此理!竟会有这样的事,一台坏了的机器人也会找到医生门上来,简直把我当成电工了……"米哈依说到这里,像想起了一件什么重要事情似的迅速站了起来,走向窗口,朝街上望去。

人行道上站着工程师莱斯萨和那个机器人。机器人正在对工程师绘声绘色地说些什么,而工程师笑得前俯后仰。

见此情景,米哈依一切都明白了,他打开窗户大声喊道:"喂!是你在捣鬼呀!我的发明家。"

工程师抬起头,朝医生挥了挥手,风趣地说:"朋友,请记住,搞科学研究,是要有献身精神的。"

〔波兰〕扎杰利　原作

李　华　改写

王桂荣　插图

土拨鼠的传奇

放学的铃声还在校园的上空萦绕，马小哈像有什么急事似的，背着书包，早早溜出了校门。

这是秋天的一个黄昏，艳丽的晚霞把地平线上的山峦镀上一层金箔。公路两旁，密丛丛的林子换上秋天最时兴的漂亮衣衫，粉红的、金黄的、绛紫的……叫人眼花缭乱。然而，马小哈却无心欣赏这秋山红叶的迷人景致，他起先是大步流星地走着，后来索性把小书包夹在腋下，撒开双腿跑了起来。

此刻，在他后面，距离不到二百来米的路上，还有个和他差不多高矮、个子比较瘦的男孩也在拚命朝前追赶。

终于，后面跑着的那个男孩追上了马小哈，他胜利地大叫一声，伸

手把马小哈一把撤住了。

不曾提防的马小哈惊讶地转过身，差点摔了一跤。"吴—小—明！是你！"他旋即收住脚站住了，气喘吁吁道。

"你上哪儿？"吴小明故意问道。

"你问我？你呢？"马小哈也不示弱。

"你先说！"

"不，你先说！"

吴小明抿着嘴笑道："这样吧，我说'一二三'，咱们一起说，行不行？"他想出一个折衷方案。

"行！"马小哈点点头。

吴小明鼓起腮帮，大声喊道："一……二……"当他说到"三"时，一个奇怪的数目"8512"从孩子们嘴里异口同声说了出来。他们俩相视一眼，开心地笑了起来。

"8512"……这是个什么名堂呢？

马小哈说了声："快，朝那边走。"他们双双离开公路，走进路旁的树林。

他们手拉着手钻进林子，树上的叶子经他们一摇晃，像降雪似的纷纷扬扬飘落下来，有的黏在他们的头发上和汗湿了的衣服上。他们顾不上掸掉，仍然

低着头，躬着腰，从纵横的树枝底下钻过去。看来他们对这儿的地形很熟，不大一会儿，他们钻出林子，朝着不远的一个山岗跑去。

这座馒头状的山岗，居高临下，面对一片封闭的、四面被山峦包围的洼地。几年前，这里仅是长满芦苇的荒野，既没有人烟村落，也见不到一只牛羊，知道底细的人都清楚，洼地是个可怕的地方，这儿到处是令人生畏的烂泥塘，像深不见底的陷阱，稍不留神就会有灭顶之灾。

当然，这都是过去的事情。前年冬末春初，大地尚未解冻，大批车辆开进了积雪覆盖的洼地。沼泽排干了，公路四通八达，一辆辆大卡车把建筑物资运了进来。一到夜晚，辉煌的灯火和电焊的弧光，把荒凉的旷野映得如同白昼。人们都知道这里建设的是一项现代化的尖端工程，代号是"8512"，可是谁也说不清它的具体名称。因为从山岗往前走不

远，有好几道电网，日夜都有电子监视仪器执行警戒。没有特殊通行证是休想靠近一步的。

有一点是肯定的，离工地不算远的一座几千人的小镇，这时候诞生了，居民大多是工程建设者的家属以及多少有点瓜葛的人。当然，马小哈和吴小明都是跟随他们的父母迁来的。转眼之间，他们在小镇新办的学校读了两年多，仍然不知道"8512"的秘密。在他们看来，大人们准是事先串通好了，什么都瞒着他们。保密嘛，他们懂得这个道理。

此刻，两个孩子终于如愿以偿。凑巧极了，这天，"8512"工程撩开了它那神秘的面纱，把它的真实面目显露出来了。

昔日的芦苇丛生的洼地完全变了，那一眼望不到边的雾气腾腾的沼泽和弯弯曲曲的小河已经不见踪影，代替它的是纵横交错的水泥跑道。无数的车辆像小甲虫似

地忙碌不停,在灰色跑道上来往疾驰。沿着黛色的远山的山麓,不知什么时候盖起一幢幢乳白色的建筑,如同雨后林中的菌子点缀在洼地边缘。不过,最引人注目的,却是工地中央屹立的一座炮弹状的金属巨人,它的周围有几座高耸的钢架,从四面支撑那庞大的身躯。金属巨人像个纯银铸造的宝塔,昂首指向天空,圆锥形的外壳在夕阳映照下闪烁着刺目的光芒。

大约过了五分钟,或许还要更久些,马小哈发现什么似的,手指着前方,嚷了起来:"你瞧,那上面还有字:中华 I 号,啊,中华 I 号火箭……"他的神情,比起哥伦布发现了新大陆还要高兴几百倍。

"早就看见了,"吴小明瞥了他一眼说,"这是飞船,中华 I 号宇宙飞船。过不了多久,它就要飞向很远很远的天鹅座。天鹅座,知道吗?"

"咦,你怎么知道它一定飞到什么天鹅座,也许是月球,要不就是火星……"

马小哈不服气地问道。

"你胡诌些什么呀！月球、火星这会儿算得什么？"吴小明耸耸鼻子，露出不屑的神情，"百分之百，就是到天鹅座，从地球到那儿十一光年……"接着，马小哈告诉他，在天文学上，用公里来计算距离很不方便，因为星球之间的距离太遥远，所以天文学家用光的速度来表示距离，这样方便得多。

"光速是每秒 30 万公里，一年的时间，光走过的距离差不多是十万亿公里，这个距离就是一光年。"

"好家伙，真够远的。"马小哈惊叹道。他没有想到吴小明的小脑袋瓜里还装了不少东西。当然，论学习，吴小明从来比他强，连班上那些小丫头也比不过他。可是这个中华 I 号飞船，他从哪儿知道这么多的情报。

"噢，你从哪儿听说的？"马小哈忙问。

马小哈见他半天没有回答，回过头来瞅了瞅身旁的小伙伴。"你怎么啦？"他惊讶地问，他发现吴小明阴沉着脸，和刚才判若两人。

吴小明依然沉默着，目光继续凝视着远方的那艘飞船。过了片刻，他说："走吧，天不早了，我奶奶也许等急了……"说罢，他返身跑下山岗。

马小哈立即追上前去。"小明，你是怎么回事？你干嘛不高兴，我哪儿得罪你了？"马小哈一把拽住他的胳臂，焦急地问。

吴小明终于抵挡不住马小哈的激将法，一五一十地把心里的秘密掏了出来。

吴小明双手搓揉着一片树叶，慢吞吞地说："昨天晚上，快十一二点了，我睡得迷迷糊糊的，被一阵呜呜的哭声惊醒。我吃了一惊，轻手轻脚地下床，光着脚走到门后，从门缝探头张望，一眼就看见我奶奶花白的头发，她靠着沙发的靠背，用手帕捂着脸，抽泣着，不断地抹泪。"

这天晚上。吴小明家的那间不算宽敞的小客厅拥满了客人。吴小明的爸爸是个年轻有为的生物化学博士，在"8512"工程中担负一项课题的研究，这个课题非常重要，关系到宇宙航行能否实现。为了这项研究，吴博士领着十几名科学家，在实验室里埋头搞了好几年，目前已经有了重大突破。

吴博士这天晚上兴致特别浓，吃过晚饭后，客人们在客厅里一边喝茶，一边聊天。吴博士当众宣布了他们下一步的试验方案。在座的客人虽然都是科学家，听了吴博士的讲话，不少人也为他的试验而担心，有的干脆反对他这样做，认为太冒险。吴小明叹了口气，说道：

"听我爸爸的口气，好像他们下一步要搞一项什么抹泥实验*，反正我也听不大懂。

（*应是模拟实验，吴小明听错了。）

大概是宇航员在飞向天鹅座时，路上花的

时间太长，不光要消耗大量的食品和能量，宇航员也无法忍受飞船上的寂寞生活，所以要用一种科学方法让宇航员睡觉，一睡就是十年八年，等他醒过来，天鹅座就到了……"

"那太有意思了，什么科学方法？"马小哈突然兴奋起来。他的脑子

……素！

里闪出一个奇怪的念头：如果知道了这个方法，睡上一觉，不就可以到几十年以后的世界去玩玩吗？那该多有趣。

可是，真遗憾，吴小明搔搔头，歪着脖子想了半天，却什么也没想起来。

"好像是叫什……什么素……"他咕哝道。

"我听见爸爸说了半天，才知道那个什么素是爸爸他们发明的，我不知道它是什么东西，反正用它就可以让宇航员睡觉。不过，有的科学家说，它是不是安全可靠，会不会有副作用，还要进行一番试验……"说罢，他瞥了一眼走在后面的马小哈，"这么一来，我奶奶就哭了……"

马小哈往前赶了几步，颇为奇怪地问："咦，这就怪了，你奶奶哭啥？是让你奶奶做实验吗？"

"亏你想得出来……"吴小明气恼地啐了马小哈一口说，"你真是糊涂虫，头一个做实验的当然是我爸爸呀！这是我爸亲口说的，他要用自己的身体头一个做实验。"

马小哈顿时恍然大悟："啊，原来是这么回事。敢情是你爸爸要做实验，奶奶不放心……"

"不光是不放心，"吴小明忧郁地打断他的话，"你想想，我奶奶都快七十八了，爸爸如果做试验，一睡十几年，奶奶还能见到他吗？"

听他这样一讲，马小哈的心情顿时沉重起来，刚才见到飞船那股高兴劲儿像被风吹得无影无踪了。

这天晚上，马小哈心事重重，他

脱了衣服躺在床上，一双眼睛却睁得大大的，凝望着窗外四四方方的一角天空。

妈妈没有睡，她靠在沙发上，聚精会神地看一本有趣的书。

房间里很静，马小哈听见妈妈翻动书页的声音。他知道，妈妈是个医生，成天接触各式各样的人，知道的事情也多，也许从妈妈这里可以听到他所要寻找的答案。

"妈，宇航员叔叔在飞行时真的要睡七八年吗？他们到时候醒得过来吗？"马小哈问。

"你还没睡着？"妈妈惊奇地站起来，走到床前，"你怎么突然问这个？怎么啦？"

"随便问问。"马小哈答道。接着又自作聪明地说道："是不是给宇航员叔叔吃很多很多安眠药？"

妈妈忍不住"噗哧"一声笑了。"傻小子，安眠药是有毒的，吃过了量就会中毒，严重的还会死人，怎么能服安眠药？"

"要是到很远很远的星球上去，比如到天鹅座，坐飞船得十几年，宇航员叔叔闷得慌，有什

么办法能让他睡觉呢？"

马小哈提的这个问题可把妈妈难住了。作为一个医生，她对宇宙航行并不熟悉。不过，她倒是想起在一本医学杂志上读过一篇文章，内容是探讨宇宙航行中生命保存的方法，其中提到一种冷冻法……

"对了，冷冻法，"妈妈想了想说，"这种方法是把宇航员放在零下二百多摄氏度的低温条件下，让他冰冻起来。当然，这和一般的降温不同，温度要在很短的时间里突然下降，这样宇航员身体里面的细胞组织不会破坏，经过多久也没有关系。当需要宇

航员醒过来时，只要迅速增温，他又可以像睡了一觉一样很快醒过来。"

妈妈刚说到这儿，马小哈的脑袋摇得像拨浪鼓，"妈，不是你说的冷冻法，听说是一种什么素……"他插了一句。

"什么素？是一种药吗？"妈妈猛地愣住了，忙问。

"我也说不上来，反正是一种什么素。"马小哈接着把从吴小明那儿听来的情况重复了

一遍。

"什么……素，奇怪，没有听说过呀，也许是一种新发明的药吧。"妈妈低着头，自言自语道。

第二天一大早，天色蒙蒙亮，马小哈就起床了。尽管这是星期天，他起得比平日起码早一个钟点。他匆匆忙忙跑进厨房，从冰箱里找了一把水灵灵的胡萝卜，又翻出几条鲜嫩的黄瓜，急如星火地跑到后院去了。

他家的后院，有几棵形同伞盖的古松，长的苍劲蓊郁。树底下，紧挨着墙根，在杂草丛生的角落，有个四四方方的铁笼子，这就是马小哈心爱的动物园。

他飞快跑到树下，拨开沾满露水的青草，急不可耐地把胡萝卜和黄瓜一古脑儿塞进笼子里。

"喂，吃吧，吃吧，你们这些小可怜，饿坏了吧，快张嘴，快呀，别客气……"他一条腿跪在地上，嘴里唠唠叨叨说个没完。

笼子里饲养的小动物并不

是什么名贵的珍禽异兽，只不过是外貌平常、长得和狗熊的模样差不多的几只土拨鼠。

土拨鼠又叫旱獭，是啮齿类动物，它浑身赤褐色，个儿不大，猛一看很像一头杂毛的猫。不过你别小看它，土拨鼠还是善于掘土打洞的能手，要不，怎么叫土拨鼠哩。

"喂，吃呀，多新鲜的黄瓜，妈妈从超级市场买来的，放在冰箱里好几天都没舍得吃……你们别不识抬举，要是再不吃，我可生气了，你们信不信，我马上叫小花猫来吃……"

马小哈像哄小孩似的，一个劲地诱劝那几只赤褐色的小动物，一会儿苦苦哀求，一会儿又是威胁加恐吓，两种办法轮番使用。

但是，那几只小动物不知是生马小哈的气呢，还是另有缘故，丝毫没有半点食欲。胡萝卜

和黄瓜躺在地上，连正眼也不瞧，它们好像没有瞅见似的。要是往常，它们早就抢得不可开交了。

马小哈借着清晨的曙光，朝笼子里瞧了瞧。奇怪，那几只土拨鼠全都畏缩在阴暗的角落里，身子蜷成一团，像没有睡醒似的，只是马小哈拍打笼子的响动，才使它们惊吓得动弹一下，接着，它们又打瞌睡了……

"糟了，它们大概是生病了……"马小哈搔了搔乱蓬蓬的脑袋，霍地站起来，心急火燎地自语道。

接着，他对着笼子问道："喂，你们是不是病了？"他说话的声音很大，笼子里的小动物吓了一跳。

就在马小哈站在那里抓耳搔腮、手足无措的时候，墙头上伸出半个脑袋。"喂，

马小哈——"有人隔墙喊道。

马小哈旋即转过身来，跑到院墙根前。他发现，墙外除了吴小明，还有他的爸爸，那个戴眼镜老是笑眯眯的吴博士。

"噢，你们上哪儿去？"马小哈见吴小明扛着一把铲子，吴博士的手里拎着一只铁笼子，不禁有些纳闷。

吴小明举起崭新的铁铲，颇为得意地说："我们去找土拨鼠，你去不去？"

"土拨鼠？"马小哈听到这几个字，心里哆嗦了一下。奇怪，难道自己的秘密被吴小明探听到了？他记得清清楚楚，自己饲养土拨鼠的事儿对谁也没有讲过呀，包括吴小明在内。

吴小明见马小哈满脸窘容，心里也好生纳闷，忙催问道："你倒是说话呀，到底去不去？"

马小哈一惊，惶惑地问："去哪儿？"

这时候，吴博士上前一步，隔着墙问马小哈："刚才我们听见你在喊谁病了，你们家有谁病了吗？"说罢，他推了推眼镜架，目光直盯盯地瞅着马小哈。

他望望吴博士，又看看吴小明，犹豫了片刻，终于尴尬地告诉他们："我们家谁也没生病，是我养的几只

土拨鼠……不知道怎么搞的……突然生病了……"

他的话音刚落，吴博士像听见什么重大新闻似的，连忙上前抓住马小哈的手，连声问道："怎么，你还养了土拨鼠?"

不待马小哈回答，他又急不可待地问："在哪儿? 给我看看行吗?"

几分钟后，吴博士和吴小明绕过墙，从前门进了马小哈家的后院，三个人钻进墙根的草丛里，把那个铁笼团团围住了。

"嗬，五只，Marmota Caudata，真正的长尾旱獭，一窝生的，了不起，了不起……"吴博士扶了扶眼镜，啧啧称赞道。他的脸色兴奋得像喝了酒一样。

马小哈惊诧地望着吴博士洋溢着喜悦和激动的脸孔，越发感到不可理解。在他的印象里，吴博士是个非常稳重的大科学家，可是看见笼子里养的几只土拨鼠，而且是病歪歪的，他好像发现什么稀罕的宝贝，高兴得竟像个天真的孩子。

"叔叔，你瞧，它们都不吃食了，不知道得了什么病？"他忧心忡忡地问。

吴博士连声说："哦，没有生病，没有生病，它们一个个都结实着呢？"

听吴博士说出这番话来，马小哈不禁又惊又喜，"那……它们……"他指着那一个个无精打采的土拨鼠，期望得到进一步的解释。

"哦，它们要冬眠啦！"吴博士望望马小哈，又望望吴小明说，"土拨鼠和蛇、青蛙这些动物一样，一到冬天就要冬眠。它们在秋天到来时，就忙着打洞。土拨鼠的地洞做得非常精巧，里面分成许多房间，大土拨鼠和出生不久的小土拨鼠，还有那些年老体衰的老土拨鼠各有各的房间。它们还用硬泥巴做门，中间还用空心的草秆做成通风设备，既保证空气流通，又不让冷风钻入，好让它们舒舒服服地睡上一个冬天。"

马小哈虽然饲养了快一年的土拨鼠，还是头一回听到这般新鲜、有趣的事儿。他的眼睛瞪得圆圆的，直盯盯地望着吴博士富有表情的

脸孔。

"旱獭冬眠的时间很长，差不多在每年的 10 月，它们就开始进洞，把身子蜷成一团，一直到第二年的 4 月才会苏醒过来。所以每年到了这个时候，也就是十月初，它们就不怎么吃东西了，吃也是专门寻找一点能使它们泻肚子的植物，帮助肠胃把不相干的东西排泄出来。"说到这里，吴博士指着笼子里的小动物对马小哈说："这几只土拨鼠关在笼子里没有办法打洞，但它们照样要按照自然规律开始冬眠了。现在，它们吃得很少，再过几天，它们就什么也不吃了，光是睡觉，连一点知觉也没有。你要是不知道，还以为它们死了哩！"

吴小明见爸爸说个没完，在一旁颇为焦急。初升的朝阳从墙头射入一缕光线，像灯柱斜照着墙角的铁笼子。那几只快要冬眠的土拨鼠像受惊似的，不安地骚动了一阵。

"爸爸，咱们还去不去呀？"吴小明站起来，手里的铲柄指了指院墙

外面。

"好，好，马上就走……"吴博士下意识地看了一眼手表，含混地答道。但是，话虽然这样说，他的身子仍然蹲在笼子跟前，动也未动，目光仍然停滞在那几只土拨鼠身上。

吴小明又催了几次，吴博士这才慢慢地站起身来。

"天气很快就要冷起来了，你得想办法把它们放在有暖气的房间里，不然它们会冻死的。"吴博士临走以前又叮嘱了马小哈几句。

"叔叔，你们干嘛去找土拨鼠？"当吴博士父子俩将要走出院子时，马小哈终于忍不住地问道。这个疑问，从一开始就盘旋在他的脑子里了。

马小哈的话刚出口，吴博士和他的儿子相视一笑。

吴小明的小眼睛眨了眨，冲着马小哈故作诡秘地说："你忘了，做试验呀……"

"试验？什么试验？"马小哈忙问。他被吴小明没头没脑的话弄糊涂了。土拨鼠和实验这两者之间有什么关系，他实

在想不出来。

"嘿，你瞧你，昨天……"吴小明用抱怨的口气正待说下去，这时吴博士摆了摆手，打断了他的话。

"小哈，是这么回事，"他走到马小哈身边，对他说，"刚才我不是讲过吗，土拨鼠一到秋天就要开始冬眠，而且它们冬眠的时间还很长。不过，这并没有什么特殊的，因为在自然界冬眠的动物多得很。但是，土拨鼠的冬眠很早以来就引起科学家的重视，特别是宇宙飞行专家们的注意。"

体温   心跳

37℃   80次/分

3℃   1次/分

"宇宙飞行……"马小哈呐呐地说，他越发摸不着头脑了。

"是的，宇宙飞行专家很重视对土拨鼠的研究，"吴博士用肯定的口气说，"因为有一种现象是土拨鼠所特有的，在它冬眠时，它的体温会从37℃下降到3℃，心跳

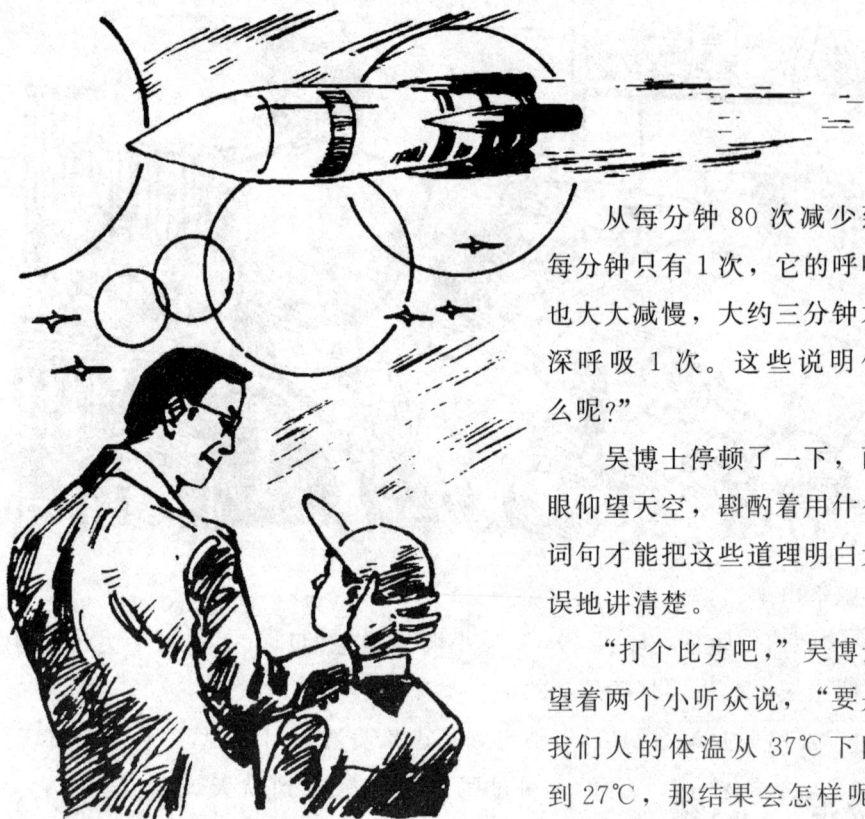

从每分钟 80 次减少到每分钟只有 1 次，它的呼吸也大大减慢，大约三分钟才深呼吸 1 次。这些说明什么呢？"

吴博士停顿了一下，两眼仰望天空，斟酌着用什么词句才能把这些道理明白无误地讲清楚。

"打个比方吧，"吴博士望着两个小听众说，"要是我们人的体温从 37℃ 下降到 27℃，那结果会怎样呢？毫无疑问，人就要死亡。可

是土拨鼠却不然，冬眠的时候，它全身的新陈代谢差不多停止了，连细胞也进入休眠状态，生命活动几乎停止，但是它并没有死，而且活得很好。如果我们掌握了土拨鼠冬眠的秘密，那用处就太大了。"

说到这里，吴博士的眼睛炯炯发光，情不自禁地拍了拍马小哈的脑袋。

"叔叔，这有什么用处呀？"马小哈歪着脑袋问道。

"比方说吧，宇航员飞到遥远的星球去，如果能够像土拨鼠那样处于冬眠状态，既不吃也不喝，生命暂时停止活动，那么……"

刚说到这儿，马小哈差点蹦了起来，连声说："我知道了，我知道了，'中华I号'飞船要到天鹅座去，你们发明了一种什么素，是不是用它给宇航员叔叔……"他像放连珠炮似的把吴小明昨天告诉他的话一古脑儿端了出来。

这一次，轮到吴博士大吃一惊了。"哟，你是怎么知道的？"他奇怪地瞅了瞅马小哈，又向吴小明看了一眼，问道。

当他见到吴小明朝马小哈吐了吐舌头，马小哈又扮了个鬼脸时，他完全明白了。

"啊，原来是这样，你们这两个调皮鬼……"他笑了起来，轻轻地用巴掌在吴小明的脑袋上拍了一下。

吴小明见爸爸并没有责怪自己，这才放了心，便悄悄地告诉马小哈："那种药叫做冬眠素，是从土拨鼠的身体里头提取出来的。"

  "那你们干嘛还要去找它？不是已经找到了吗？"马小哈又问，他已是第三次提出这个疑问了。

  吴博士接着作了回答，他说，土拨鼠胸前皮下有一串特殊的腺体，它所分泌的物质是土拨鼠冬眠时能够生存下来的唯一因素，科学家们叫它冬眠素。眼下，参加"8512"工程的生物化学家正在从土拨鼠体内提取大量的冬眠素，进行各种试验，分析它的化学成分，研究它施于人体可能产生的影响……

  "我们现在需要大量的土拨鼠，以便提取一种高效的冬眠素，这种冬眠素将保证宇航员在漫长的飞行途中处于冬眠状态，不是几个月，而是几年，十几年，或者更

长……"吴博士解释道。

说罢，他提起放在脚前的铁笼子，拉着吴小明的手，朝沐浴着朝晖的田野走去。

马小哈呆呆地倚着门，望着吴博士高大的背影，心中突然涌起异样的情感。他很想追上去，和他们一道去寻找做试验的土拨鼠，但是他觉得这样做似乎不够，自己应该像一个少先队员的样子，拿出实际行动，为祖国的"中华 I 号"飞船飞向太空尽一份力量。

想到这，马小哈突然朝着吴博士和吴小明的背影，大声喊道："喂，你们等一等……"

几秒种后，马小哈又跑回后院的墙根下。他吃力地提着心爱的笼子，步履蹒跚地朝大门走去，刚到门口，和闻声而至的吴小明碰上了。

"小哈，你这是干嘛？"吴小明惊讶地问。

"快，帮我一把……"马小哈用下巴颏指了指笼子的一角。

当吴小明和马小哈抬着笼子时，吴博士也匆匆忙忙赶来了。

"走，送到研究所去……"马小哈笑嘻嘻地望着吴小明，说道。

吴博士不用问，完全明白了马小哈的心意，他感动得不知说什么才好。

"舍得吗？小哈。"他伸出一只手，帮助两个孩子一同抬那只铁笼子。

"咳，这算得了什么？"马小哈转过脸来对吴博士说，"叔叔用自己的身体做试验，那才伟大呢……"他一时想不出更恰当的字眼了。

吴博士的眼睛湿润了。他扶了扶眼镜，紧紧地拎着装有五只土拨鼠的笼子。笼子怪沉的……

[中国] 金　涛

林桂深　插图

火星人

火箭的金属外壳在风中冷却下来了。一男，一女和三个小孩从火箭飞船里走了出来。其他的旅游者掠过火星大地走了，离开了这个男子和他的一家人。

这家人姓彼特林：哈利·彼特林和他的妻子——科拉以及子女蒂姆、劳拉和戴维。他们来火星落户。

他们盖了一座白色的小房子，并在里面吃了一顿很叫人满意的早

餐。但是担忧害怕的感觉总是缠着他们。这种感觉，睡觉时跟着他们，每天傍晚谈话时也驱散不掉，曙光来临的时候，还是紧紧缠着他们。

"我们不是属于这儿的人，"哈利常常这样说，"我们是地球人，可这儿是火星。这地方是火星人住的。科拉，还是让我们买票子回家去吧！"

科拉只是摇摇头。"总有一天，原子弹会把地球上的人都杀光，"她说，"这种灾难发生的时候，我们在这儿就是安全的了。"

"安全倒是安全，可是会发疯！"他说道。

"可这儿不会有战争。再过一年，会有上百万人到火星上来！这儿会出现大城市！"科拉辩解道。

哈利每天早晨都要去观察每一样东西，因此慢慢对环境熟悉起来，但还是改不了看晨报的习惯。那是火箭飞船从地球上送来的。这天，一家人在吃早饭。哈利说：

"他们说，我们这首批移民要失败，还说火星人不喜欢我们到这儿来。可是我们发现了一个火星人没有？一个也没有！只见空荡荡的城市，里面什么人也没有。"

"我不知道，"戴维说，"或许有一些火星人，只是我们看不见。有时候，在夜里，我觉得我听到了他们说话。我似乎看到那些火星人住在山上城镇里。但那是很久以前的废墟，不是吗？我以为，那些镇子里是有一些东西，那些东西就围着镇子兜圈子，爸爸，是真的！我害怕那些东西会是鬼怪，说不定会对我们干出些什么来的。"

"胡说！"彼特林先生从窗子朝外面看了看说，"我们是清白、善良的人。所有死城里也许都有怪东西或者回忆啊，联想啊，精灵什么的！那是你在想象一些东西的幻觉。"哈利停了一下，"你去过废墟啦？"

这天下午，真的发生了大事。劳拉穿过小镇跑回来，嘴里喊道："爸爸，妈妈，战争爆发了！地球上广播电讯刚才说的。原子弹击中纽约了！所有火箭都爆炸了。再也不会有火箭飞船到火星上来了！"

哈利走进花园，怀着恐惧情绪孤独地站在那儿。当火箭飞船定期在太空中来往时，火星对他来说才是可以接受的。他过去总是说："如果我愿意，明天就可以买张票飞回地球。"

可现在，一切都完了。他，还有"首批"移民们被遗弃在火星这陌生的异乡了。看来，火星就要把他们全部吞掉了。

哈利扑倒在花丛中，又跪着抬起头来，从花园向着火星人的废墟和群山瞭望。他想到了古老年代那些令人骄傲的火星人名字。人类从地球上来到火星人的天空。地球人降落在火星上，查看火星人的山川河流。据说，曾经有过那么一个时期，火星人建立过城市，并为这些城市起过名字，后来，山湖河海发生了变化，城市变成了废墟。地球

上来的人给这些古老的丘陵和峡谷取了新名。

哈利感到十分孤独，弯下腰来在火星人的土地上种上了地球上的花儿。他自言自语道："想一想别的事吧，不要想到地球，忘掉那些火箭，忘掉原子弹。"

他已经汗流浃背了，于是脱掉了自己的上衣，挂在他从马萨诸塞州移植过来的一棵树上。

风把一些花儿吹散了。他伸出一只变成古铜色的手叫了起来："科拉！"

他的妻子走到门边，孩子们也跑了出来，望着父亲。他在花园里心慌意乱地团团转。他又把庄稼扶起来观察着。

"科拉，快来看！"

他们摸了摸那些庄稼。"它们看上去对头吗？"哈利不停地问着，"它们跟早先一样吗？"

他们呆立着，望着那些绿颜色的玫瑰花，不知所措。

两天以后，蒂姆跑进屋子。"快来，看那头奶牛，"他叫喊着说，"我看到了。你们来看！"

他们全跑了出去。他们带来的那头唯一的奶牛竟长出了第三只角。再看看周围，连他们窗前那些草地也悄悄地变了颜色。那些草慢慢变成淡紫色的了！

"我们必须离开！"哈利·彼特林说道，"如果我们吃了这种东西，我们也要变了。"他穿上了外套，"我要到镇上去。我有些事要干。我很快就会回来的！"

"等一等哈利！"他的妻子叫道。

可是哈利·彼特林已经走了。

在镇上，有些人坐在那里，有些人在店铺门口台阶上镇静自若地谈论着。

"哈罗，哈利，"每个人都向他打招呼。

"听着，你们听到新闻没有？"

"当然听到了，那又怎样？"他们说。哈利·彼特林真想喊叫起来。"你们得跟我一道工作，得马上建造一艘火箭飞船，离开这儿。如果我们再呆下去，我们就要全变了。你们没有嗅出空气中的味道吗？没看到

庄稼不对头吗？有某种火星上的东西在里面。听我……"

每个人都哈哈大笑起来。

"别笑啦！"哈利·彼特林有些恼火。

萨姆——他的好朋友——平静地看着他。

"萨姆，"哈利·彼特林说，"你的两只眼睛，原是灰色的，对吗？"

"好啦，那又怎样？为什么这样问？哈利。"

"因为现在它们是黄颜色的了。"

"是吗，哈利？"萨姆漫不经心地说。

"而且你又长高了，也瘦了一点儿。"

"你可能说对了，哈利。那有什么不好？"

"萨姆，你不该是黄眼睛的。"

"哈利，你自己的眼睛又是什么颜色的呢？"

"当然是蓝色的。"

"给你，哈利，"萨姆说着，递给他一面小镜子，"还是看看你自己吧！"

哈利·彼特林迟疑了一下，接着就把那面镜子举到自己的脸上。他看到了金黄色。镜子一下就跌落到地上了。

哈利·彼特林有些垂头丧气，不过他还是说服了几个人跟他一起造火箭。但是他变得古怪起来。

他的妻子科拉用篮子把晚饭拿来了。"我可不吃它，"他说，"从我们花园里拿来的东西，还有从镇上买来的当地东西，我什么都不吃。我只吃地球上带来的冷冻食品。"

但是，没过多久，他的妻子严肃地对他说："哈利，我已经把地球上带来的食品全用光了。什么东西也不剩了。萨姆店里面也没有地球上的东西啦。我要把火星上长出来的、可吃的东西给你了。"

他沉重地跌坐了下去。"火星上长的！"他惊愕地说，"就在那些紫色草和绿玫瑰旁边长的?!"

"你必须吃下去，"她说，"你在虚弱下去，难道自己不觉得吗?"

"是啊。"他承认。

他开始吃一些东西了。"今天过个假日吧，"她说，

"孩子们想到这河里去游泳。请跟我们一道去吧!"

"我一定不能浪费时间!"他叫喊着。

"来,只要一小时,"她乞求着说,"游过泳之后,你会觉得好一点的。"

他站了起来,热得很。"好吧,"他说。

太阳火辣辣的,但这一天很宁静。一家人沿着运河走着。后来,他们停下来吃了一些东西。哈利·彼特林注意到他们的皮肤,变成了棕色,眼睛金黄发亮。他又害怕起来,不过他太累了,以

致连怕的气力也没有了。他就在热烘烘的太阳下面躺着。

后来，他看到蒂姆。那孩子从河岸上走来。

"尤沙。"蒂姆说。

"什么？"他父亲惊讶地问。

那孩子笑了。"您知道，"他说，"尤沙是个火星词语，就是父亲的意思。"

"你从哪儿学来的？"

"不知道，就在这儿，尤沙！"蒂姆补充道，"镇上人也这么说。"

"你想干什么？"

那孩子迟疑了一下，"我……想改个名字。"

"改名字？"

"是啊！"

"林诺，不是挺好吗？"

"可是我们的语言里没这种拼法呀？"哈利·彼特林说。

他听到妻子接口说："为什么不可以呢？"

于是孩子高兴地叫了起来："我是 Linnl（林诺）！"他穿过田野奔跑着，跳起舞来。

哈利·彼特林夫妇跟着走进山里，在陈年小路和旧的喷泉旁边走过。那些小路整个夏天都覆满了清凉的流水。他们赤着脚感到了凉意。

他们走到了一所空无人迹的"火星人"的别墅。别墅坐落在山顶上。从那儿看出去，峡谷的美景尽收眼底。别墅里有一些由蓝色石块

建成的大厅，还有个游泳池。看来
"火星人"是不喜欢大城镇的。

"夏季我们是应该住在上边这座别
墅里的。"彼特林太太说。

当他那天晚上干活的时候，他想
起了那幢蓝色别墅。

随着时间的流逝，那只火箭变得
似乎不那么重要了。一天天过去，那
只火箭差不多给抛到脑后了。后来，
有一天天气很热，他听到人们在议论：
"人们都走了，差不多都选了各自喜爱的别墅。正在装修改建呢。"

于是，哈利·彼特林跑了出去，刚巧碰到萨姆开着装满家具的卡车
驶过来。

"喂，萨姆！到哪儿去啊？"

"到山上去，"萨姆招着手说，"到凉爽的别墅去。你来不来，
哈利？"

"我在蒂尔运河附近找
到一幢别墅，只要稍加装修
就行了。看来那些古老的火
星人挺会生活的，可惜种族
灭绝了。"萨姆说着在胸前
划了个十字。

"你指的是罗斯福运
河吗？"

"是蒂尔运河！那是个
古老的火星人的名字，应该
纪念他才是。哈利，来吧，
我的新家就在蒂尔运河上

游，在皮兰山里！"

"你是说在洛克菲勒山吗？"哈利·彼特林说。

"我说那是皮兰山，火星人的名字！"萨姆回答了一句便加速驶去，扬起了一阵灰尘。

第二天，劳拉、蒂姆和戴维帮着哈利·彼特林夫妇往货运小卡车上装包裹。不，现在他们叫蒂尔、林诺和沃尔，他们更喜欢用火星上的名字。哈利·彼特林夫妇昨天走过的那幢蓝色别墅就很好，用不着另外挑选了。

"你还打算穿你在纽约时穿的衣服吗？"彼特林太太说。

那小姑娘感到不解。"哦，"她叫了起来，"我可再也不穿那种衣服了。"

他们带到火星上来的东西很多，但是这次搬家，他们像其余人家差不多，扔在这移民镇上的比带走的多。

"再见了，我们的城镇！"哈利·彼特林一家喊着，向城镇，向他们那幢小的房子挥了挥手。

一个又一个夏日，太阳烘烤着那几条运河，运河变得干涸起来。地球人留下的那座空

荡荡的城镇，房子上的油漆剥落了；那只
火箭的框架也变得锈迹斑斑，有些附件已
经脱落。

在一个寂静的秋天，彼特林先生站在
蓝色别墅前的山坡上。如今，他已变成皮
肤很黑、眼睛金黄、身材高大的人了。妻
子科拉走了出来，他们一起眺望着远处峡
谷中那座旧的城镇。

"地球人在那儿造了一些其蠢无比的
房子。"彼特林先生说。

"是啊，他们不知道任何比较好的办
法，"科拉说，"我很高兴他们已经
离开了。净是些丑陋而愚蠢的人。"

"他们到哪儿去了呢?"他感
到奇怪。他看了妻子一会儿。她
就跟她的女儿一样，像是金子做
的。她也看了看他。他好像跟他
们的儿子一样年轻。

五年以后，一艘火箭飞船从
天空中降落。火箭飞船就落在峡
谷里。人从飞船里走了出来。他
们呼喊着：

"我们打赢了战争！我们来拯救你们啦！"

但是地球人的城镇一片寂静。那些地球人发现了一只火箭的框架，看上去陈旧不堪，破破烂烂。

火箭飞船上下来的人上山搜索。队长在一幢旧房子里搞了一间办公室。有一名军官没多久就回来报告。

"城镇完全荒废，里面空荡荡的。不过，先生，我们在山上发现了一些火星生物。他们有些像人，却比人高大得多，全是金黄眼睛，漆黑皮肤的怪物。但是，他们看上去很温和，并不想争斗，而且很快就理解了我们的语言，甚至能说上几句英语。我们不必攻击他们。"

"黑皮肤吗？"队长深思地说，"有多少人？"

"六百，或者八百。他们全

都住在附近山上的旧别
墅里。"

"他们有没有透露，地球
上来的人出了什么事？建造
这城镇的人到哪儿去了？"

"他们对这座城镇一点情
况也不了解，先生。看来像
是一直呆在山里的火星
野人。"

"那就怪了，"队长说，"你是否认为那些火星人把地球人杀了呢？
有什么迹象没有？"

"看来，他们是爱和平的，先生。说不定是某种瘟疫毁掉了这座
城镇。"

"也许是吧！我觉得，这个问题怕是永远不清楚了，"队长朝四周布

满灰尘的一切扫了一眼，"我们有许多工作要做。我们得到的指令是，找到地球人，或者由我们自己开发火星，建立稳固的移民区。一两天之内，我们必须草创新市镇；选好矿区；测绘新的地图，为山脉河流和矿区命名。"队长随即打开一张地图，向手下宣布第一号命令。

"这么说，"负责上山搜索的军官愕然地说，"我们文明人要跟山上的火星人长期相处啦！"

[美国] 布雷伯里　原作

晓　军　改写

张　平　插图

夜闯神秘岛

一、特殊使命

安全局特工约翰·卡斯泰尔完成任务后回到伦敦。他已很久没跟家人团聚了。这次正计划跟妻子、女儿一起去海滨度假。

没料到，行装刚打好，便收到局长的呼叫：显然又有了什么紧急任务。他向妻子、女儿说了声抱歉，就急匆匆赶往总部。

原来，汤姆·史密斯被暗杀了——他是国家派往神秘岛英美联合电脑控制中心的专家。英美和欧洲已发现金融、交通和部分政府机构中的上万台电子计算机同时停止了运转。国家航空和宇航局尽管有独立的系统，也受到了影响：凡是联网部分，全部出现了问题。

"事态非常严重，"安全局局长说，"电脑控制中心又切断了对外联系，情况不明。如不采取果断措施，制止计算机的瘫痪扩散，世界将陷入一片混乱。"

"什么任务，请明确一下吧!"约翰明白

自己肩上将会压下千斤重担。但是他并未惊慌，仍旧像往常一样镇静。

"好！首相没看错人，你是好样的。"局长露出一丝笑容，站起身，拉开墙上的帐幕。"请过来，看这里！"局长指着地图上海洋深处一个不起眼的小岛——实际上是个黑点说，"明晨八点，你直飞科富机场。十一点正那里会有专车接送你到海军基地，改乘潜艇，前往'多雷弗罗斯岛'，以后全靠你一人单独查明电脑中心出了什么问题。要小心，可能十分危险。"

"什么，我一个人？"约翰疑惑地问，"据我所知，那里有独立的武装，很难进去呢。再说，我也没见过足以控制全世界电脑系统的计算

机，不知是否对付得了哩。"

"你了解的已经足够了。派你去又不是叫你修理这台庞然大物，还是干你的本行：把 DOT——国外数据传输系统出了什么问题侦察清楚，必要时制止那儿发出扰乱世界的指令。记住，我们的专家汤姆·史密斯半月前逃出，在温德姆勋爵府附近遇害。估计他是要向勋爵（国家绝密高科技项目负责人）汇报情况。可惜，他临终前只在手臂上留下了 CDS4967543287043789076543 密码。请记住，可能对你有用。"

约翰接过写着密码的纸条，一时感到茫无头绪。

"请记熟后毁掉纸条！这里是你的护照。从现在起，你叫艾伦·辛普森，一名普通教师。记住！你跟政府、安全局毫无关系，一切靠你自己。明白吗？不过，成功后，将以《马斯特曼行动》记入档案。"

"七号明白！"

二、暗闯神秘岛

一切像发射火箭时倒计时读秒一样准确，约翰此时由潜艇送到距离多雷弗罗斯岛一英里的水域。艇长把一张小岛的军用地图指给约翰："请记熟小岛的大致地形和控制中心的方位、特征，穿上蛙人服。先生，您可以从这儿泅水到有沙滩的海湾上岸。祝您好运！"

约翰穿好蛙人服，把护照、微型地图和一

些钱塞进贴身衣服。午夜十二时三十分，约翰悄悄离开潜艇，从水下朝多雷弗罗斯岛游去。

他游进海湾，在一片漆黑中爬上了海湾左面的一块岩石，找到一处岩洞，把蛙人服塞了进去，换上一套黑色紧身衣和一双黑胶鞋。突然，他发现海湾处离他不远有个人，穿一身闪着银光的衣服，那人正朝他的方向走来，手上还打着电筒。约翰连忙从岩石上往下爬，以免被那个警卫发现。谁知不当心碰落一块碎石。白衣警卫机警地朝溅落处搜索过来。他小心提防地慢慢蹚入齐腰的海水，四处照射着。

约翰当机立断，悄悄溜进海水，从水下朝那警卫游去。眨眼工夫，约翰紧紧抓住水中那个警卫的一条腿，猛地一拖。那警卫尽管身材高大，遭到突然袭击，被扼住脖子揿入海水，再挣扎反抗也不是约翰的对手。几分钟工夫，约翰又活剥下了警卫的服装，把尸体拖上沙滩，塞进一处岩洞。他换上警卫那身银光闪闪的制服，拿起手枪和电筒，朝岛上控制中心方向走去。

约翰翻过几道高高低低的岩石，这才看见小山顶上升起许多红色灯火。离他不远处的一块大岩石上也有一处红光。那红光有规律地每隔三

85

秒钟闪亮一次。他又走近了一些，才隐约看出，那红光原来是三个缩写字——敌情警报系统。他又警惕地朝那红光走近些，发现，每次红光闪亮前，有一阵电流噼啪声，接着发出一种深沉的类似人的声音：敌情警报！敌情警报！

约翰刚意识到危险，突然，黑暗中到处闪出了同样的红色灯火，接着，许多地方出现了像已被他干掉的那个警卫一样的、身穿银白服装的人影。那些人一色配备，都是一手握枪，一手紧握手电。看来，他隐藏不住了！

三、身临重围

"我只有一个机会，"约翰身陷险境，紧张地思考着，"我非得冒充一个警卫不可！我必须装作也去搜寻那个'敌人'！"他看见自己头顶上方岩石上边出现了两名警卫，就大胆朝他们爬了上去。

那两名警卫爬过岩石，不时开亮电筒，照着岩坡上的洞穴。约翰很快到了他们身后，也模仿着打亮手电四处照射，像是在搜索什么，同时注意倾听着警卫们的谈话。

"你听到官长的通知没有？"他们中的一人问道。

"听到了，"第二个人回答，"信号未变，还是敌情警报。"

"他们说的一定是那个信息系统。但是官长是什么人？啊，局长曾说，电脑控制中心除逃出被害的史密斯外，还有个叫鲁道夫·哈德巴克的人。难道就是他吗？"

约翰正在思索，又听到第一个警卫说："有人又潜入本岛，我们必须把他抓到。"

忽然，那说话的警卫转过身来，看着约翰说："我们迟早会逮住他的，你说呢？"

约翰心中一颤，装出笑脸点了点头。他不想说话。

"喂，你是第十警戒区来的吗？怎么没见过你？"那个警卫突然问道。

约翰摇了摇头。"第四警戒区。"他说。

"第四警戒区？"那多嘴的警卫刨根问底地说，"你的代号是多少？"

约翰尽管身经百战，却也免不了紧张。一边思索着，一边含糊回答，"哦，代号吗？……"他是在争取时间。突然他瞥见自己手电上有个号码。"我的代号，想必就是这数字，"他暗想，接着不假思索地说："8964。"

"嘿，我没猜错！"那个多嘴警卫说，"这么说，你是斯金纳小组的人？"

约翰点了点头。"我必须离开了这些警卫，不然准要倒霉!"他想着。

"我到上面这座小山顶上去察看察看!"他说。

"好的，我们会再见面的，祝你好运!"

约翰甩开两名警卫，敏捷地登上小山。他这时看到峡谷中有座巨大的白色大楼。那大楼不怎么高，占地却很广，奇怪的是找不到几扇窗子。"那必定是DOT!"约翰暗想，"肯定不止一英里见方，里面的设备必定十分复杂。"

小山顶上有盏大红灯，附近却不见任何警卫。突然，红光闪亮间隙，警报声变了："斯金纳小组，警卫8964牺牲了，已经发现尸体。敌人在你们当中!

接着又是一阵电流噼啪声："采取行动，采取行动!"

刹那间，所有红灯和手电光一齐熄灭。只有约翰的手电仍在闪亮。

约翰立刻意识到自己已经暴露，忙不迭关掉手电，但是已经来不及了。"他们现在已经发现我了！"约翰马上从山上向下飞奔，想要迅速转移。然而，他刚跑了一小段路便发现自己已陷入重重包围之中。

四、狂人哈德巴克尔

穿着银色制服的警卫形成双层包围圈把约翰团团围住。几十支手电光柱刷地一下子全部都照射在他身上。

约翰直挺挺地站着。他不想逃跑了，他也无处可逃。

十名警卫围成一圈，包围了约翰。他们举起手枪，把枪口对准了他。

"我数到三，你们就开枪！"看样子像个队长的人说，"为8964报仇！"

约翰紧闭起眼睛，等待着厄运的降临。然而就在这队长喊到"二！"时，"敌情警报系统"红光一闪，发出了深沉的命令声。

"要活捉，不要把俘虏打死！"接着一阵电流噼啪声，又传出声音："搜身，缴械，押往一号警戒区——哈德巴克尔"。

警卫队长命令两名警卫执行指令，卸掉了约翰的手枪，搜出护照、

要活捉不要把俘虏打死！

钱和地图。然后又围成一圈，把约翰押往白色大楼。

走进大楼，通过几道长廊，来到一扇门前。门上钉着一块铜牌：一号警戒区——哈德巴克尔办公室。

警卫队长在门外高声作了简短报告，便把房门打开，猛地一击，把约翰·卡斯泰尔推进了房间。

一个身材高大、身穿同样警卫服装的男子走上前来。他

有一对蓝眼睛，年纪四十五岁左右，银白色服装上有一颗挺大的蓝星，上面绣着很大的一个"1"字。那人接过队长上交的虏获品——护照、地图和钱，笑容可掬地跟约翰打起招呼来。

"欢迎，欢迎，不速之客！我叫鲁道夫·哈德巴克尔。"他很有礼貌地说。

"我叫艾伦·辛普森。"约翰按护照上的姓名回答。

哈德巴克尔想装得更温和些，但是他的声音既僵硬又刺耳。"嘿，你到这儿来干

什么?"

"我是个教师,在迈科诺岛教英语。昨天乘小船出海,遇上风暴,船沉了,幸亏游到岛上。我这是在哪儿呀?"

"故事倒编得很好,辛普森,可鬼才相信呢!史密斯刚死,你就出现了。你当我们是白痴吗?你是个密探!"那双蓝眼睛凶光暴露,"我们这里有世界上最大的电子计算机 DOT,我们管它叫官长,但是我才是真正的官长!"他发出一阵狂笑。

"您应该相信我。我是个教师,您不必把这些告诉我!"约翰不亢不卑地说,"您一定误会了。"

这时,有人敲了敲房门。那个警卫队长走了进来,手上捧着约翰那身蛙人服。

哈德巴克尔笑了起来,指着手上的地图,又朝蛙人服努了努嘴,

"这怎么说呢？"

约翰·卡斯泰尔一声不吭。哈德巴克尔得意扬扬地说："老实说，你承认不承认无关紧要。现在全世界都在发愁，到处的电子计算机都停止了运转，不是吗？是我叫他们停下来的！我是主宰！要不了多久全世界都会屈服于我的。"他又发出一阵阵狂笑，"你说也好，不说也好，反正你明天就得见上帝了！直到今天，还没有一个人能活着离开这个岛！连史密斯，过去这儿的一号也难逃一死。哈，哈！"

"他准是疯了！"约翰·卡斯泰尔心中暗想，思索着怎样摆脱困境。

五、死亡舱

第二天凌晨四点，约翰从囚室中被押往海湾。哈德巴克尔和几名警卫已等在一艘汽艇上。

"哈罗，辛普森——如果你真叫辛普森的话。以前有两三个人到岛上来过，都像狗一样被打死了。这太不文明了。

我给你一个文明的特殊待遇。请你进'处死舱'。海水会慢慢渗进金属密封舱，然后沉入海底。这是贵宾待遇啦，哈哈！"说完，哈德巴克尔便命令把约翰关进艇上一座三角形金属舱内。接着，汽艇全速驶向大海。

这时太阳已经高高挂在天际，海面上波光粼粼；汽艇驶过的海面泛起长长一条管形白色水沫。中午时分，他们到达了公海某处预定的地点。八名警卫按照哈德巴克尔的命令拉开了汽艇左舷上的活板，把金属舱推进了大海。约翰·卡斯泰尔躲在金属舱里，倾听着。汽艇启动开走了。

金属舱浮在水面，舱里一片漆黑。约翰在舱内底边上不断摸索着，并找到了那扇小舱门。他使劲推呀，推，但怎么也推不开；他大声呼救，可是没有人能听到他的喊声。

"我还有四五个小时，"他想，"我非得逃出去不可。说不定有渔船会看见的。"但是一小时过去了，二小时过去了，他的手指出鲜血，喉咙喊得嘶哑了，仍是徒然。相反，他已感到舱底又渗进不少海水，淹没了他的小腿。幸亏还有足够的空气，显然那是舱顶小孔中透进来的，不然他活活闷死了。

六、意外的九死一生

哈德巴克尔回到自己的办公室，对自己消除隐患的新发明十分满意。他一想到约翰·卡斯泰尔眼下在死亡舱中挣扎的情景就暗自发笑。

突然，他房间里的红灯亮了起来。接着响起深沉的声音："把俘虏带到我这儿来！"

"又是我不能这样做，"哈德

巴克尔愤怒得满脸通红，"他在死亡舱中。他是个密探，必须处死！"

"把俘虏带到我这儿来！不得违抗命令！"

"现在听我的！我已处置了他！我……"但是哈德巴尔克没能讲完自己的话。

"是官长在发布命令：立刻营救俘虏！把他带到我这儿来！"

哈德巴克尔愤怒极了，两眼瞪着那红色灯光，但没再说别的话。他看了看手表。一点时间都不能再耽误了。他召集了八名警卫，登上汽艇，向死亡舱投放海域疾驶而去。兜了一圈又一圈，仍未发现金属舱。

汽艇很快驶抵投放地点海域，他们估计死亡舱已开始沉入海中，便打开水下摄像机搜寻，并派出四名警卫，穿上蛙人服跃入海中搜索。哈德巴克尔和另两名警卫守着艇上电视荧光屏观察着。过了一会儿，终于发现了金属舱，它即将沉入海底，

正在漂漂荡荡地往下沉。

"快！二十分钟内救不上来他就完蛋了。"哈德巴克尔嚷了起来，通过无线电对话机通知四名蛙人警卫紧急抢救。

十五分钟后，金属死亡舱被拖上了汽艇。

"把门打开！"哈德巴克尔叫着。

两名警卫小心地打开了舱门，海水立即从舱内一涌而出。约翰蜷曲着跪在舱里，他已失去了知觉。

一个警卫给约翰做了口对口人工呼吸，又用氧气瓶输氧。慢慢地，似乎起作用了。约翰·卡斯泰尔在汽艇返航途中终于苏醒过来。两小时后，他又回到了最初被关押的那间囚室。

"你为什么又把我救活，哈德巴克尔？"

"官长有话跟你说。我揣测，你得给我们提供重要情报……明天你

就去见官长。按规定，你得自己
一个人去控制室。"

"我不能为你们提供任何情
报。"约翰斩钉截铁地说。

"我们等着瞧吧！我放了你一
次，可不会放第二次。如果你不
提供情报，你肯定非死不可。我
们自有其他办法，嘿嘿，更好的
处死办法。"

但是约翰根本就没留意听哈
德巴克尔在唠叨些什么。

"多谢了，DOT，这是你第二
次要我活下来！"

七、哈德巴克尔的下场

一夜醒来，哈德巴克尔和两名警卫又把约翰带进白色大楼。他们先
来到一个很大的房间，里面有一个极大的屏幕，上面显示着许多数字。

那些数字每分钟变化一次。

29320—29321—29322……

"这些数字意味着什么?"

哈德巴克尔笑了起来。"这是中心室。每分钟世界上某处就有一台电子计算机停掉。DOT 在发出指令。此时此刻世界上已有 29322 台计算机停掉了。"

离开中心室时,那数字已跳到 29325 了。他又被带进一间到处闪着蓝光的房间。"这是激光室,"哈德巴克尔目露凶光说,"这激光可以发射到其他星球上,其威力可想而知。你要是不按我们的吩咐办事,不提供情报,我们也可把这激光转向你!"哈德巴克尔说完,又发出一阵令人毛骨悚然的笑声。

突然,出现了一道红色闪光。接着红光束一闪一闪,声音随之传出:"一号,哈德巴克尔!"

"是，官长。一号已把俘虏带到。"

"为什么你要把俘虏放入死亡舱？我没有下过那样的命令。"那声音毫无感情色彩，平静地说。

"可是我下过那样的命令，我是总负责人！"哈德巴克尔气得暴跳如雷，"你以为是你主宰一切吗？你只不过是一台机器！我们建造了你，也能随时把你毁掉！这你十分清楚。"

那个声音仍旧十分平静："只有一个官长！"

"是的，那就是我！"哈德巴克尔回答，"我这就带俘虏到控制室处理一切！"

"不要妄想进控制室！"那声音说。

哈德巴克尔不顾一切地朝一扇门走去，那声音便不响了。然而眨眼间，红光又一闪，只听它说："斯金纳警戒组，8732，干掉哈德巴克尔！"话音刚落，一扇边门突然打开，冲进一名警卫，举起手枪，击毙了哈德巴克尔。

八、控制室的秘密

过了一会儿，传来了命令声："俘虏听着，现在到控制室来！"

门自动开了。约翰走进了控制室。

房间不算很大，却布满了计算机和精密仪器。迎面墙上一排电子设备顶部闪着一行字：国外数据传输系统——控制室。室内几种颜色的光束在闪烁。忽然，一条红色强光束从电子计算机当中一个类似玻璃眼的大圆孔中射出，同时响起深沉却较温和的声音。

"我是官长！约翰·卡斯泰尔，伦敦来的谍报员。我早已计算出你要来的！"

"这台机器什么都知道！"约翰暗自吃惊，"是的，一点不错。不过我不是来破坏你的。我是来了解情况……"

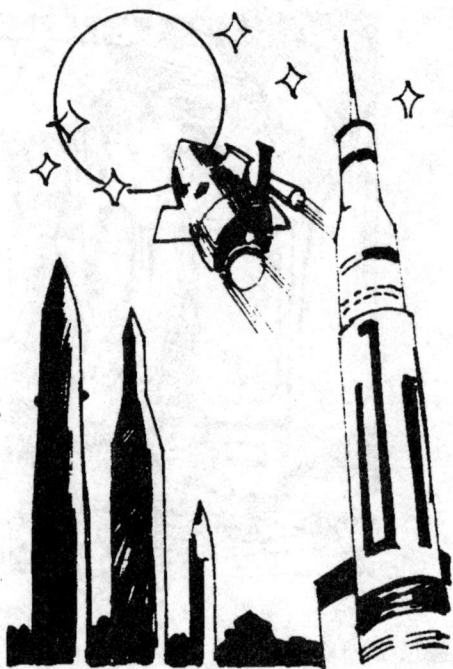

远不及我们。人类到月球和其他星球去旅行，是谁的力量把他们送去的？是我们——宇宙间最伟大的电子计算机！让我们支配一切才更合理些！各国首脑听我们指挥才不会犯错误！"

"说得对，官长！"约翰附和着说，一边偷眼观察着一切，"我该干什么呢？怎样才能为你效劳？"

"你要回伦敦去，向总部汇报这里一切正常。我需要两星期时间。以后我将主宰一切！

"我知道。两星期之内，全世界的所有电子计算机都将停掉。我已替你安排好一切。不过，你将成为我的代理人，把这情报带回去，接见各国首脑，传达我的意志。一号，约翰·卡斯泰尔，你将取代哈德巴克尔的位置。他太狂妄，不听号令！你听明白没有？"

"一号明白！"约翰对自己的回答感到吃惊，但是暗想："这是我唯一的机会了。"

"人类并不十分聪明，"那声音继续说，"他们思考的速度远

不过，现在我需要你的帮助，一号。"

"是，官长！"

接着，红色光束增强了。约翰·卡斯泰尔发现，发出光束的大圆孔下面一个大键钮平台，字键不停地跳动起来，同时响起命令声："警卫8732，8733，斯金纳警戒组，到前厅来！……到海湾那儿去，给汽艇艇长下达命令，护送一号出境，回伦敦。"

警卫受命又去安排一切。约翰在等候时，那大圆孔熄灭了红光，沉默了。约翰悄悄踱到字键平台旁，只见键盘上有三个词"电码代号调节控制系统"，缩写词正是 CDS。他猛然想起局长下达命令时嘱他记住的

密码 CDS496754……想来必是与此有关。

"不错，"约翰·卡斯泰尔想道，"这字键平台实际上是个电码代号调节控制系统。所有的警卫人员都有一个电码代号。现在我是一号。那所谓的官长便是通过这台电子打字机控制全岛的。"

九、CDS 密码

约翰看了看手表。"那两个警卫很快就要回到这儿来了，我得抓紧……"

他努力回忆那密码，现在可以肯定那就是控制总机的暗码，"但是我能把那数字回忆出来吗？"他把手靠在眼睛上，拼命思索着，"CDS496754 3287043789076543，一点不错。"

约翰·卡斯泰尔紧张地站在字键平台前，但十分坚定地先揿下"CDS"三个字键。

突然，红光一闪，大圆孔中射出一股强光束，大圆玻璃眼似乎愤怒地闪烁起来，接着有了响声："一号，卡斯泰尔！不准动电码代号调节控制系统！"

约翰·卡斯泰尔没有理会它，继续揿下 496754 几个字码，又努力苦苦回忆着其他数字，生怕记错。这时大圆孔发出的红光射束仍旧很强，但不时发生光束抖动，一亮一灭；刺耳的声音在吼叫："我是官长！不准动……电码……系统。"声音断断续续。约翰又揿下 3287043，那声音就像断了气似的；再揿下 789076543 几个字码，那声音只说出"……是……长……"就一下子哑了，声音全无，红色光束由亮变暗，最后一下子熄灭了，只剩下黑糊糊的玻璃眼和轻微的电流噼啪声。

约翰·卡斯泰尔松了一口气，知道已完成这次历险的使命。他离开控制室，走进前厅，小心翼翼地找到控制点，把控制室的钢制门关死。就在这时，身穿银白色制服的警卫露了面。

"报告一号，汽艇正在待命启航。艇长正在海湾等候。

"谢谢你们。请注意，向各警戒区传达指令：在我返回之前，各部原岗位待命。现在带我到艇上去！"

约翰登上汽艇，急驶而去。他看到山顶岩石上有"敌情警报系统"几个缩写字，但这时已不再一闪一闪发亮了。

"我已经把那台电子计算机停掉了。世界各地上万台电子计算机想来已经恢复运转了。"

十、尾声

当天傍晚，约翰·卡斯泰尔飞抵伦敦机场。

伦敦天气很好，天空晴朗。

他买了一份晚报，乘上出租汽车，直奔总部。伦敦的一切都是亲切而又熟悉的，然而只有今天才叫人……他回想着过去四天的种种惊险遭遇。"发生的事情是那么多，"他沉思着，"可是这儿，家乡却什么也没有改变。"

出租汽车在一簇灯光旁边停住。约翰·卡斯泰尔从沉思中睁开眼睛。晚报就放在膝头上，于是他低头看了起来。第一版头条一段话引起了他的注意：

"电子计算机——戏剧性新闻"

约翰立刻看了下去。"……戏剧性报道：各地的电子计算机又奇怪地重新开始运转了。大约有三万台计算机曾经莫名其妙地出了毛病，而今天中午时分，它们又莫名其妙恢复正常。科学家们仍旧不能作出解释；银行家、企业家们纷纷祷告上帝，感谢上帝之手解救了他们……"

约翰没有读完这篇报道描述的故事，就禁不住暗自笑了起来。正好这时候出租汽车驶抵总部。他跨出汽车，只见哈利老头已经站在门口。

"啊，您终于回来啦，"哈利老头说，"局长已收到电传，正在等您呢。请直接上楼去吧！想来他已从内控屏幕上看见您啦！"

"谢谢你，哈利。"约翰说着，快步登上楼梯，敲了敲房门。局长没有像往常那样说"进来！"而是站起身，亲自走过去拉开房门，热情地伸出手来。

"见到你非常愉快，我很高兴能握一握你这'上帝之手'。"局长说着笑了起来。显然他在幽默地引用晚报上的报道。

寒暄之后，他们便谈起了马斯特曼行动计划。约翰·卡斯泰尔详细

讲了四天亲身经历的故事：他怎样从潜艇上下水，泅渡上岛；又怎样与白衣警卫们周旋，还有被捕；后来又怎样两次险遭杀身之祸；疯人哈德巴克尔和那台巨型计算机官长；最后又怎样利用 CDS 系统；等等。

"我现在可不是为你进行工作啊，局长先生，"卡斯泰尔模仿着DOT那深沉的哑嗓音说，"我是官长……代理，一号！"说得引起局长一阵哈哈大笑。

过了一会儿，局长改变口气说："是啊，你出色完成了任务，本该让你在伦敦呆些日子。但是，你得走！我已为你作了新的安排。"局长的脸色显得十分严肃，他交给卡斯泰尔一只大信封，"一切命令都在里面，你明天就动身吧！"

"但是，局长！"卡斯泰尔大声叫了起来。他感到怒火中烧，心想局长太不近人情了，要知道他还没跟家人团聚呢！

他立刻拆开信封，接着就笑了。信封里装的是给他一家人的旅游机票和一张一家海滨旅馆套房的预定单。

"我现在可是相当忙哩，请便吧！"局长说着笑了起来。

"是，官长。一号立即出发！"卡斯泰尔模仿着那声音回答。接着两人哈哈大笑地握手道别。

[英国] 亚历山大　原作

陈　维　改写

殷恩光　插图

金色流星锤

　　走进孟明那间宽敞的书房，不由得令我十分羡慕，在香港这寸金尺土的地方，能像他那样拥有一间五百多平方尺书房的人，相信不多。孟明是一位年轻有为的企业家，他经营的电脑工厂最近推出了一种新型的中文电脑打字机，又便宜又实用，行销全球，故此我专诚来访问他。

　　孟明让我坐到他的书桌旁，我将录音机往书桌上一放，准备开始录音访问。当我正想提出第一个问题时，我的目光突然被放在书桌上的一个有很多锋利的尖刺的金色球体吸引住。这球体放在一个特制的水晶座架上，闪耀着一种奇异的光。我忘了准备好的采访问题，指着那球体问道："这又是你的一种电子新发明吗？"

　　他摇摇头，说："不，这跟电子电脑全无关系，只是个流星锤罢了。"他顺手拿起金球，递给我看。

我接过那金球，觉得奇怪："这是什么金属？怎么这么轻？跟一个垒球一般重罢了，如果是纯金的，一定重得要用双手才捧得起来呢。"

"我也不知道它是什么金属制成的，因为它不是我们地球上的制品……"

我追问："是从月球采到的金属吗？"

他笑道："我又没有到过月球，怎么可能呢？不过我可以肯定告诉你，这是一件外星人的武器。"

记者敏锐的直觉告诉我，这里面一定有个精彩的故事，于是我用恳求的口吻说："孟

先生，可以把这外星人武器的来历告诉我吗?"

"当然可以，不过你听了一定不会相信，你写成报道，老总一定会说你吹牛。总之谁也不会相信的。"孟明摇了摇头，接着说："这是我一件珍贵的纪念品，也可以说，全靠它，我才有今天的成就，是它激起我的斗志，做个真正的男子汉，碰到困难不低头，建立了一番事业。"

"这正符合我今天采访的要求，请你就谈谈这个纪念品的来历吧，我相信一定很有趣。若能在报上发表，报纸销量定会大增，我们老总就眉开眼笑啦!"我死死缠住不放，继续游说他说，"反正你答应接见我一小时，那就讲讲这件事吧!"

孟明被我缠住，无可奈何地摇了摇头："真拿你们这些记者没办法! 既然你一定要我讲，那我就讲吧! 不过我再提醒你一次，这故事没有人会相信的……一定要录音吗? 没有关系，要录就录吧，反正你会认为我讲的是荒诞不经的胡编乱凑，你这访问稿一定见不了报的。"

以下就是孟明自述的故事：

那是二十年前，当时我才十二岁，读小学六年级。在学校里，我参加了棒球队，打棒球是我最喜欢的一种课外活动。我棒球打得蛮不错，身手敏捷，跑垒快步如飞，一棒在手，瞄准飞射而来的球，狠狠挥棒一击，"嘣"一声，准又是一个全垒打！别看我当时才十二岁，可是队里的中坚分子呢！你会打棒球吗？没打过？那可是你的一个大损失，打棒球可过瘾极了。我们那棒球队还小有名气，在校际联赛得过冠军呢！不，我没参加过少年棒球赛，上了中学我的兴趣变了，所以今天我没有成为一个职业棒球运动员嘛……那是闲话，还是言归正传吧！

有一天，我们球队在球场练球，轮到我上阵。我握好球棒，等着投手掷球，只见他来了个大摔手，球像箭一样飞来。我眼皮也不敢眨一下，看准了球的来路，猛一挥棒，这一击真帅，把球击得飞上了天。我也不知道为什么这一击竟会把它击得那么高，大家抬着头，望着这白色的球儿以抛物线的弧形飞出了球场。

"糟了！球落进'鬼头'的屋里！"有个同学惊呼一声。

可不是吗？球飞进"禁区"去了。只听见一阵玻璃碎裂的声响，我吓得脸色一下变白了。要知道我们最怕那个住在对面小山坡上的外国人，他是个警司，上次我们的球打进了他的花园，他竟向校长告我们一状，所以我们把他那间豪华住宅列为"禁区"。这次我可闯了大祸啦！比上次更惨，还打碎了他的玻璃窗，这次真是"白鳝上沙滩，不死也一身残"，定会被校长记过。

我们跑到"禁区"的园门，往里面一瞅，果然打破了一扇大玻璃窗，可是"禁区"里静悄悄，显然"鬼头"不在家。同学们你望着我，我望着你，不知该怎么办。我说："这是我闯的祸，一人做事一人当，让我爬墙进去把球捡出来吧。"

我怀着惶恐的心情，爬上了那灰色的砖墙，在墙头上转身看，只见同学们站在下边望着我，大有"萧萧易水送荆轲"的神态。我挥了挥手，带着一去不复返的心情，跳进墙内去。

花园里一片寂静，隔着墙，听不见墙外同学们的讲话声。我走到那间大屋，从破了的玻璃窗往里一望，原来是一间客厅，里面陈设豪华，摆着一套褐色的皮沙发。我再细看，心里不由得叫声苦也，原来球不只打破玻璃窗，还打翻了古玩柜，把"鬼头"的

珍藏打了个落花流水，满地皆是碎片……这叫我怎样赔得起？但事已至此，我也只有认命了，大不了被抓去坐牢，趁"鬼头"不在，先把球捡出来再说吧。我想着，伸手从玻璃窗的烂玻璃洞探进去，抽起窗扣，把窗推开，往里一跳……

现在回想起来，就在我跳进去的一刹那，眼前一亮，像闪光灯一闪，亮得令人目眩，我的眼睛被强烈的光线照花了。

我记得客厅是铺了成寸厚的地毯的，可是我的双脚却碰触到

光滑的地板，不，是金属板，我落进的并不是客厅，而是一处十分古怪的地方。

那是一间宽阔的房间，四壁和天花板也是光溜溜的金属，发出淡淡的微光，室内没有灯，全靠这种微光照明。在我面前，有一个头大身细的怪人坐在一张离地浮悬的椅子上。我从来没见过这样子的怪人，也说不准他是不是人，因为他的头足有脸盆那么大，眼耳口鼻齐全，皮肤是浅灰色的，但四肢和躯体却很细小，我估计他站直身子也没有到我肩膀那样高呢。他

双手捧着我的垒球，好像很吃力的样子。管他是人是鬼，也得把球还我。

他像看穿了我的心思一样，开口说话了。他讲的话我完全听得明白："欢迎到达仙女座犀云，我叫荷蒙达狄，是仙女座第八星球尼尼西人的首脑。你想要回这个球吗？我可以奉还，不过有一

探索各星球，也曾到过太阳系你们的地球，知道地球的人类是最好战的族类，几千年来从未停止过战争，所以我们打开了时空通道，把你请来作我们的代表去同好战的獴刚人谈判。侵略成性的獴刚人威胁要占领我们的星球，除非我们能派出一个代表打败他们的代表赫加。我们不擅长这种战斗，故此请你这个地球人类的男子汉代表我们迎战赫加！"

我心想，我只是个十二岁的

个条件，你得为我们做一件事，当我们尼尼西人的代表去同獴刚人谈判。"

我听了这话，吓得心脏都快停止跳动了。仙女座星云距离地球有多少光年啊！难道我离开了地球，一眨眼工夫就飞越了这么远的距离？

荷蒙达狄看透了我的困惑，他说："不错，你是通过时空通道从地球来到这里的。我们尼尼西人是一个先进的族类，很久很久之前就消灭了战争。我们把生命全用来研究探索宇宙的奥秘，所以我们的头脑特别发达，四肢却弱小。我们曾多次用宇宙飞船

孩子，他竟以为我是个成人，这也难怪，我虽然还是个小男孩，但长得比他高大得多。说到打架，那我倒内行，上学期我在操场就跟人打过一架，把对方的眼睛都揍肿了，虽然我也受了点伤，在骑住对方挥拳头时，膝头被粗糙的水泥地磨破了。

我说："好吧，我为你们出战！锄强扶弱乃英雄本色嘛，好歹我也要为地球人类争一口气的。怎么打法？是用拳头吗？"

荷蒙达狄摇摇头："不，是任选武器，只是不准使用科技武器。獴刚人的力气非常巨大，赫加的力气更大，他们使用的却是刀剑大棒一类的原始武器，你可以任挑其中一种使用。"

我说："我最拿手的是挥棒球棒，我就挑一根像球棒的武器好了。"

他说："那么你跟我来吧，赫加已经等得很不耐烦啦！"他用手向墙壁一指，金属板上出现了一道门。他带引我走出门去。

外面是一个圆形的场地，

119

四周是梯级看台，一边坐着沉默无言的尼尼西人，另一边坐着叫嚣鼓噪的獴刚人。当我们走进这个决斗场时，所有尼尼西人的目光都集中在我和荷蒙达狄身上。

荷蒙达狄举起手大声说："我已接来了第一个走进时空通道的地球人，他答应当我们尼尼西人的谈判代表，同獴刚人的代表赫加决斗。若是他败了，我们服输；若是赫加败了，獴刚人就立刻撤走。"

我从武器架中，挑选了一根像棒球棒一样的金属棒，它样子倒有几分像球棒，重量也差不多，我拿在手上掂了掂，试着用双手握棒挥一挥，倒还算顺手，于是我决定用它作武器。

荷蒙达狄低声对我说："地球人，这是一场关系到我们整个尼尼西人命运的决斗，你可要小心，不能输呀。"

我正想问清楚怎样决斗，这时决斗场上的号角吹响，公证人已就座，宣布决斗开始："尼尼西人代表和獴刚人代表进入圆场，这是一场生死决斗，不死不休，现在决斗开始！"

我步入决斗圆场，像棒球明星那样跑前几步，向四周的观众挥手致意。突然我感到身轻如燕，才轻轻一蹬脚就跳了一丈高。这是什么缘故？我很快就明白了，原来这星球的球心吸力比地球的地心吸力轻得多，我习惯了地球重力，所以在这么轻的重力环境中，就身轻如燕了。我赶快站稳脚跟，抬头看看对方，不看尤自可，一看我的膝盖就发软了。

赫加的个子比我高大一倍，浑身的肌肉像一团团纠结在一起的大麻绳般突起来。他有着一个蜥蜴一样的头，头上长着一对像死鱼般翻白的大眼睛，露出残暴的凶光。他身上长着青灰色的鳞，只在腰间围着一条皮肚兜，上面挂着几个金

色的流星锤，手上拿着一柄锋利的长剑。他每走一步，沉重的脚步就使场地一震，样子好不吓人！

我不断地对自己说："镇定点，别害怕，不怕敌人就是战胜敌人的第一步，反正事已至此，害怕也没用了，得设法打赢他！"我这么一想，握住拳头，果然镇定下来。

赫加鄙夷地瞪了我一眼，大笑道："尼尼西人，你们想尽办法，才找到这么一条小虫来跟我决斗吗？这次你们输定了，我一双手也能把这小虫子捏死。"他开始向我走来，举起了长剑作势要砍劈，来势汹汹，好不恐怖！

我握紧棒子，保持镇定，我知道他比我笨重，看得出他来自的星球重力一定比这星球更重，我在这方面倒是占了便宜，只要躲闪得法，我比他灵活，得用智斗不可力敌，论力气他比我大得多呢！

赫加一剑砍下来，我连忙向旁一跃，身子飞弹跳起，不只避开了他的剑锋，而且从他的头上跃过，稳稳地落在他身后。

别看赫加笨重，他的身手也很敏捷，几乎在他发现我跃过他的头时，他就立即转过身来，长剑也顺势横挥过来。我把头一缩，呼的一声，长剑就在我头上几寸的地方飞过，若是我缩得稍慢半秒，早就被他砍掉头颅，身首异处了。我趁他的剑势还未来得及收回，已一跃而起，

又在他头上跃过。我在半空将脚向敌人的脸踢去，正踢中了他的下巴，把他踢得倒退了几步。

这一招把他气得哇哇大叫，他破口大骂："该死的小虫，你别以为蹦蹦跳跳就能逃脱？看你有多大力气能跳多久，等你力气用尽，我要把你砍成肉酱，才消我心头之恨！"

说着他像蛮牛一样又扑过来。这时我已沉着得多，心里明知对方是个身经百战的战士，而自己只是个小学生，根本没办法战胜这庞然大物的，我只有利用唯一的优势，尽力跳跃回避他的攻击。

这时赫加也改变了战术，他先作势用剑砍来，等我跃起时，他剑锋一转，将剑向空中挥去。这一招委实厉害，我事先没防到他有这一着，眼看长剑要砍中我的脚了，我连忙用棒子去挡它。"当"的一声，两件武器是第一次碰击，把我的手臂都震麻了。我的武器被打得脱手飞出，落到左边几丈远的地上。

我没有了武器，被赫加逼到石墙旁边，无路可退。赫

124

加笑道："小虫子，认输了吧，我现在可要把你碎尸万段了！"

说着他用力一剑砍了下来，我连忙使出跑垒时的身手，往斜边一冲，险险避过这一击。只听见"哗啦"一声，长剑砍进墙去，折断了。别以为赫加断了剑就没有武器，他迅速解下了腰间挂着的流星锤，狠狠地向我掷来。那带着利刺的金球，像射出的飞弹，向我直射过来。我再往旁边一闪，避过了这流星锤，同时向跌在几丈远的地上的棒子扑去。那流星锤直击我原先站立的地方，钉进墙壁。

我在地上打了个滚，一把将棒子抓起来，才站住脚，只见赫加第二个流星锤已飞掷出来。我双手握棒，就像握住一根球棒一样，窥准那掷来的金球，拼命一击。"嘣"的一声，那像子弹一样射来的金球，被我击个正着，这可以说是我一生中最了不起的一击！也许是在低重力的力场下，我把那金球打得就像个飞弹一样，直向赫加的头部射去。这一招完全出乎他意料之外，显然他不懂得棒球的招数，既不会接球，也不会躲闪，那金球射中了他的脑袋，"噗"的一响，把他的脑壳射穿了。他

瞪着大眼莫名其妙地望着我，身子往后一仰，倒在尘埃中，不再动弹了。

公证人宣布我是胜利者，尼尼西人发出海啸一样的欢呼，而獴刚人垂头丧气，默默无言地离开了决斗场。他们倒是很讲信用的，输了就认输，撤退回老家去了。

荷蒙达狄把我的垒球还给我，说道："谢谢你，地球的男子汉，你拯救了我们尼尼西人，免受獴刚人的奴役。在我把你送回地球之前，我们要请你参加庆祝宴会，好好答谢你，你要什么就开口好了。"

我说："不，不，我什么也不要，我只要回家去，已经很晚了，妈妈正在等我回家吃晚饭呢。她说过若迟回家，过了吃饭时间就罚我吃白饭，没有菜吃。她还说过，小孩子要学会守时……"

"什么？你……你是个孩子？"他大感惊讶。

"对，我只是个十二岁大的小学生呀！"

荷蒙达狄赞叹道："地球人真是了不起，一个小学生就那么勇敢聪明，人类的前途将会多么远大啊！"

我捡起了一个赫加的

金色流星锤，说："我就拿一个流星锤作纪念品吧，荷蒙达狄，我会记住你的话，努力奋斗，将来一定做一个地球的男子汉。"

我被送进时空通道，一眨眼间，已回到地球。一脚跨出通道，我就从窗口跳下花园，回头一看，窗门的玻璃完整无缺，关得牢牢，再往里面一望，古玩柜也没打翻。我透了一口大气，这是尼尼西人给我的报答吧？这就是金色流星锤的来历了，你认为这是不是很离奇古怪呢？

[中国香港] 杜　渐

朱宏玲　插图

魔　村

几位"天外探险家"乘飞船离开地球飞向火星，未能平安着陆，却撞在火星的一片沙漠上。其余的人都死了，只有比尔·詹纳活着。他低估了火箭飞船飞行的速度，以致造成这次惨剧。他不胜悔恨，在无边无际的红色沙漠上持续不断地走着。

他来到一座大山之前，食物早已吃光了。四只水壶只剩下一只，而这只水壶也差不多空了。所以，每当渴得难以忍受的时候，他才用水润一润干裂的嘴唇和肿起的舌头。

在詹纳发觉这山不是挡住他的进路的另一座沙丘之前，他已经爬得很高了。他注视一下高耸在他上面的山，不觉略感害怕。但他终于爬到了山顶，看见下面是群山环抱的一个深谷，深谷里有一个村子。

他能看见树木和庭院的大理石地板。二十幢建筑物环绕着一块像是中央广场的地方。这些建筑物大都造得很低，但是却有四座高塔直耸云霄，在阳光中发出大理石的光泽。

詹纳隐隐约约地听到一阵高音调的口哨声，凄厉刺耳。他在平滑的岩石上滑了一跤之后便滚进了山谷，从近处看到建筑物是光彩夺目的。每边都有草木——绿里透红的灌木丛，树木上面结满了紫

色和红色的果实。

詹纳饥不择食，向最近的果树走去。他从最低的树枝上摘下了饱含果汁的果实。他恐怕果实有毒，战战兢兢地咬了第一口。味道是苦的，他急忙吐了出来。嘴里剩下的果汁烧灼着他的牙床，他感到十分恶心。他的肌肉开始抽搐，于是躺在大理石上，免得跌倒。似乎经过几个小时之后，他的身体终于不再那么可怕地发抖了。

最后他不再感到痛苦了，慢慢地感到轻松。现在除风吹树叶的沙沙声外，再也没有其他声音了。詹纳突然回忆起他曾经听到的那种刺耳的口哨声。他很想知道这声音是不是一种警告，向村子里的人预告他的来临。

他心急火燎地爬起来，东摸西摸找他的枪。一种大祸临头的感觉使他震惊。枪不见了！他依稀记得，一个多星期以前他就失掉了枪。他环视四周，看不出动物存在的迹象。他抖擞精神，如果需要的话，他将拼死留在村子里。

詹纳小心翼翼从水壶里呷了一口水，润一润干裂的嘴唇和肿起来的舌头。然后盖上水壶的盖子，向着最

近的建筑物走去。他兜了一个大圈子，从几个便于观察的位置来打量这个建筑物。在建筑物的一边有一条拱道直通屋内。

詹纳从外面观察这几幢建筑物，他看不出动物的任何迹象。现在是考察建筑物内部的时候了。

他选择了四座高塔中的一座。当走到离塔十多英尺以内的地方，便知道他必须弯下身子才能走进去。他意识到这些建筑物是专给与人类截然不同的动物住的。

他又朝前走，弯着身子勉强爬了进去，每条肌肉都感到紧张。

他发现自己来到一间没有家具的房间。然而却有几条人理石栅栏从大理石墙壁上伸出来。这些栅栏围成一套包括四间房间的房屋，像是低而宽广的四间畜舍。每间畜舍有一条在地板上挖出来的食物槽。

第二所房屋装有四块倾斜的

大理石板，斜斜地向着一座高台升起。地板上的四间房间中有一间装有环形扶梯，显然是通到塔上的房间里去的。

他急急忙忙，像是发狂似的从一所建筑跑到另一所建筑，窥视着静悄悄的房间，不时停下来大喊大叫。

最后再也不必怀疑了。他孤单单地呆在一个荒村里，在一个没有生命的行星上。没有吃的，除水壶里剩下可怜的一点水之外，也没有喝的。他什么希望也没有了。

詹纳走到一座高塔的第四个最小的房间。靠着这房间的一堵墙壁有一间畜舍。他躺在那里，马上就睡着了。

在他睁开眼睛之前，声音高而尖锐的口哨声又响起来了。醒来后发现有一股小水点从天花板喷到他身上。他急忙从房间里爬出来，流着眼泪。由于化学反应，面孔感到像火烧一样。他急匆匆地用手帕揩拭脸部和其他裸露部分。

詹纳从太阳的位置推测到这是第二天的早晨了，他至少睡了十二小时。耀眼的白光照遍了山谷，半藏在树木和灌木里的建筑物闪闪发光，时明时暗。

他又回到建筑物里面了。在"浴室"内部，詹纳先把脚伸进畜舍，他的臀部刚进入畜舍入口，天花板上就像有一股淡黄色的气体喷射在他的两腿上。他急忙离开畜舍，喷流也就突然停止。

他喘息着跑进外面的房间。他的臀部一进畜舍，热气腾腾的粥就装满了墙壁旁边的食物槽。他对有毒的果

实记忆犹新，但是他又不得不弯下身子，把手指插进那又热又湿的东西里去。他提起手指，把那东西滴进嘴里。

那东西淡而无味，浆糊似的。它似乎不怀好意地滴进他的喉咙，呛得他热泪盈眶。他意识到他快要生病了，就向外面的门跑去。

现在怎么办呢？

在他面前展开的景色当中，既有天堂的因素，又有地狱的因素。现在他对一切都太熟悉了——红的沙地，多石的沙丘，异样的小村子。他用狂热的目光俯视着村子。他很明白，如果不能改变自动化的食物制造机，他就会被饿死。

他估计还能坚持三天。在这三天内必须战胜这村子。他一到树木当中就牢牢抓住一株小灌木用力拔。灌木很容易就给拔起来了。有一块大理石附在它上面。他朝下看一看和连大理石一道拔出植物的那块地方，那里是沙丘。接着他又推倒了一株果树。

　　詹纳跪在他拔灌木后所造成的孔穴旁边，俯视孔穴四周的截面。截面是多孔的。当他走近它想剥下一片石块时，它竟改变了颜色。在剥落的地方的四周，石头正在变成明亮的橘黄色。他尝试地摸它一下。他的手指似乎浸入灼人的酸里面，感到被咬和被烧的剧痛。他看见皮肤已经被烧掉，血泡也已经烧出来了。原来这个孤村是活的。

　　詹纳摸索着向一间房间的高台走去，考虑着另一个问题：怎样使活着的村子知道它必须改变它的活动方式呢？它必然已经略微领会到它已经有了一位新居民了。怎样才能使它知道他所需要的食物的化学成分不同于它过去所提供的食物呢？怎样使它知道他所喜爱的音乐的音阶不同于目前的音阶呢？

他翻来覆去，转动着，扭曲着身子，一阵阵发着高烧，神智昏迷，就这样度过了漫长的黑夜。

曙光初露时他迷迷糊糊地意识到他仍然活着，不禁又惊又奇。他在一棵大树的树荫里度过了大部分白天。下午晚些时候他想起昨天他所折断的灌木和树木，于是去找干透了的断枝残干。

枯枝残干都不见了，甚至拔出树木后遗留下来的洞穴也找不到了。活的村子已经把死亡的组织吸收了进去，并且在它"身体"里修好了裂口

这件事使詹纳大吃一惊。他开始想到生物的突变，遗传密码的再调整，以及适应新环境的生命形式。重要原则是很简单的：要么适应新的环境，要么死去。

这村子必须适应他。他怀疑他是不是真的能够毁坏这村子，但是他可以试一试。他自己的生存需要必须放在这样尖锐和势不两立的基础上。

　　他旋开水壶，寻找里面的水，不慎把几滴宝贵的水洒在庭院的地面上，便伏在地上把水舔干净。

　　半分钟之后他还在舔着，那里还有水呢！

　　事情的真相大白。他弯下身子，用舌尖舔干每一颗看得见的水珠。他俯卧了很长一段时间，他的嘴巴一直压在"大理石"上，把村子施舍给他的微小水珠舔干。

　　发出白光的太阳在一座山后面消失了。空气变冷了，冰冻了，他冷得发抖了。但是最终使他为难的事情是：他曾经饮过水的地面破碎了。很明显，构成地面的物质曾经产生过有用的水，却又在产生水的

137

过程中瓦解了。

这件事证明村子是愿意使他高兴的，但此外又有使人不太满意的含意。如果村子每逢给他一点饮水就不得不毁坏本身的一部分，那么，这种供应显然不是没有限制的。

詹纳急忙向最近的建筑物跑去，爬上一座高台——由于高温像火一样烧他，又急忙从高台上爬下来。他睡在地板上，心神不安地认为不能在这里长久呆下去。

然而，一到早晨他马上显得很机警，钢铁似的决心又全部恢复了。他向着最近的食物槽走去。这一次，在他刺激它之后，经过一分钟以上的停顿；然后少得可怜的水把槽底沾湿了一小块。

詹纳把这一点水舔干了。他当机立断，认为现在应该由会走路的人来为不会走路的村子寻找新水源了。目前最重要的事情是，当他到处找水时必须吃一点东西来维持生命。

他开始翻他的口袋，连口袋缝都搜刮到了，终于发现肉和面包的微粒，一点牛油和其他无法辨认的物质。他小心谨慎地在隔壁的畜舍里弯下身子，把刮下来

的食物碎屑放进食物槽。村子充其量也只能把适当的食物复制品供给他。

詹纳等待着，像一品脱去浓浓的奶油似的物质滴进了食物槽底部。他尝了尝，那东西带有不新鲜食物的刺鼻的霉臭味。它几乎像面粉那么干燥——但他的胃并不排斥它。

詹纳慢慢吃着，非常清楚地知道此时此刻村子支配着他。吃完了这一顿，他就到另一所建筑物的食物槽去。他不吃槽里冒出的食物，而是刺激另一个食物槽。这一次他舔到了几滴水。

他有意走到一所高塔建筑物去。开始沿着直通楼上的扶梯走上去。使他感到有趣的是环形扶梯继续向上旋去，旋到塔顶时离地约七十英尺。现在他朝外向着四面八方的地平线望去。他目力所能达到的地方是一片干旱的沙漠，每条地平线都隐藏在风吹起的尘沙中。如果远离这里的某处有火星海，那也是他无法走到的地方。

现在他对似乎无法避免的厄运感到愤怒，他麻木地走下了

扶梯。

日子一天天过去，至于经过了多少天他却茫然了。每次他去取食，施舍给他的水总比上一次少些。更坏的是，这种食物对他不适合。他用不新鲜的，甚至或许是腐败的食物样品使村子误解了他所需要的食物，从而延长自己的痛苦。有时吃过食物之后一连几个钟头感到头晕眼花。

村子在做着力所能及的事情。其余的事情应该由他来做，可是他甚至不能适应与地球上的食物相近似的东西。

两天来他病得太厉害了，竟不能走到食物槽去。第二天晚上他身体上的痛苦这样厉害，以至于他终于下定了牺牲自己的决心。

"如果我能走到高台，"他自言自语道，"单是温度就可以杀死我；而村子吸收了我的尸体就可以取回它所失去的一部分水。"

当他竭尽全力爬上了高台时，便像已经死去了的人那样躺着。他最后一次清醒时的想法是："我所热爱的朋友们，我就要来了。"

完整的幻想使他暂时似乎回到了火箭飞船的驾驶室，四周围都是过去的同伴。

他进入了无梦的睡乡。醒来时听到小提琴的声音。这种悲哀而又悦耳的音乐吐露出一个久已消亡的种族的兴衰。他听了一会儿之后，突然兴奋起来，认识到这种音乐实际上代替了口哨声——村子已经使它的音乐适合于他了。高台也温暖得使他感到浑身舒畅。他感到身体健康得出奇。

他渴望从扶梯上爬下来，到最近的食物供应室去。当他向前爬行的时候，他的鼻子贴近地板，食物槽里装满了热气腾腾的杂烩。味道又浓又可口，以致他把脸浸到食物里，狼吞虎咽地大嚼起来。

"我胜利了！"詹纳想道，"村子已经找到门道了！"

片刻之后，他想起一件事，便爬行到浴室去。淡黄色的喷流洒了下来，又清凉，又适意。

詹纳欣喜若狂地扭动着他的四英尺长的尾巴，昂起他的长鼻子，让微细的水流把粘在他锐利的牙齿上的食物残渣冲洗干净。

然后他摇摇摆摆地走出室外去晒太阳，听着永不停息的音乐。

[美国] 沃格特　原作

林子清　晓　军　改写

林宝珍　插图

公元 2660 年的纽约

阿莉斯非常爱好运动，很想知道现代纽约人是怎样锻炼身体的。为了满足她的欲望，她的男朋友拉尔夫领她走进一座平顶高楼，乘楼内的电磁梯一下子就上升了五十多层楼。他们在楼顶上看见了一个大广场，上面停放着几十架各种型号的飞机。拉尔夫和阿莉斯走到一架双座位飞机跟前，他们乘上飞机后，拉尔夫对驾驶员说了声："国家运动场"。这架飞机全部由轻金属制造，分量很轻，它完全是用电操纵的。它以惊人的速度直冲云霄，然后向东北方以每分钟十英里的速度飞去。不到十分钟他们就飞到了国家运动场。他对她说：

"这一国家运动场是公元 2490 年由全市居民建造的。在广大地区上配备了适合各种运动（陆上运动、水上运动和天空运动）的设备。每个市民都有申请使用这些设备的权利。

"有供青年、老年男女使用的运动场，还有供幼儿跳跳蹦蹦的场所。有数以百计的垒球场，数以千计的网球场；还有无数足球和高尔夫球场。永远不下雨，永远没有太热和太冷的天气。运动场一年到头每天开放，时间是从早上七点钟到晚上十一点钟。太阳落山之后大小运动场就被数以千计的铱制螺旋形电线照得更亮，让那些必须在白天工作的人使用。"

拉尔夫和他的同伴在广阔的运动场上散步时发现她也像他自己一样热爱网球运动，便邀请她打网球。他们穿上网球鞋，向网球场走去。

他们打起网球来了。拉尔夫虽然球艺很精，可是他非常迷恋她。两眼一直盯着她，而却看不见网球。结果他一直输到终局。

运动使她脸泛桃花。她的双眼总是像星星那样闪闪发光。在这项需要高度灵活的运动中，她的柔软灵活的身体对她很有利。当她最后扔掉球拍欢呼胜利时，他感到即使输了一百局也心甘情愿。

在他的热情的眼光的逼视下她后退了一步，又是欢喜，又是害怕，心里乱糟糟的。看到她这样窘，他立刻冷静地说："我马上就要让你知道纽约的光和动力的来源。"

他们俩换了鞋子，又坐到出租飞机里面去。飞机飞了二十分钟就把他们俩带进原先是纽约州的那块地方的中心。

他们在一块辽阔的平地上降落，平地上建造了十二座巨大的气象塔，每座塔高达1500英尺。这些塔构成一个六角形，六角形当中是一座巨大的太阳能发电机。

20千米见方的整块广场上盖满了玻璃。一方一方的厚玻璃板底下是光电元件，把太阳热直接转变为电能。

每平方米里有400个光电元件，装在可以移动的大金属盒子里，每只大盒子里装有1600百个光电单元。

几乎在整个阳光照射期间，每只盒子大约发出120千瓦的电。根据这一点，我们也就不难理解，整个光电厂的发电量该是多么巨大啊。这个光电厂向整个纽约供应电力、光和热。光电厂的一半为白天服务，而另一半则在白天给化学气体蓄电池充电，以便晚上使用。

因为时间不早，他们回到城里，不到十分钟就到了拉尔夫的家。

几分钟后阿莉斯的父亲也来了，她把她和拉尔夫一道度过的愉快的时光告诉她父亲。

那天晚上他们吃过晚饭后不久，

拉尔夫就把客人们带到电视剧院。大房间的一头有个浅浅的戏台，附设有拱形台面和幕，正像全部戏剧史上所采用的台面的幕那样。房间后部稀稀拉拉地摆着几只大垫椅。

他们都坐在椅子上。拉尔夫把当晚正在演出的话剧和歌剧剧目拿给阿莉斯看。

"啊，我看见他们今晚正在国家歌剧院表演法国喜歌剧'诺曼底人'，"她大声说，"我曾经多次听过、读过'诺曼底人'。我非常喜欢它。"

"听它真开心，"拉尔夫答道，"说真的，我没有亲自听过它。我在实验室里很忙，已经好几次没有看到歌剧了。现在每星期只表演两次。"

他走到大开关屏跟前去，屏上挂着许多电线和插头。他把一只插头插进标有"国家歌剧院"的洞穴里。然后他拨弄了几根控制杆和几个开关，又和客人们坐着。

不久，锣响了，灯光逐渐暗下来。随后管弦乐队开始演奏前奏曲。

许多扩音器装在舞台附近，音响效果很好，人们很难想象音乐是从四英里外的歌剧院传出来的。

前奏曲演奏完毕，幕布升起，第一幕开始了。幕布后面排列着几百只特制的传真显像机，把浅舞台的全部空间都占满了。这些传真显像机串连成一组，它们连接得很巧妙，在舞台后部看不出空当和连接的痕迹。结果是远处国家歌剧院舞台上所有的东西都照原来的尺寸投射在电视剧院舞台的传真显像机组板上。显出的像在各方面都很完善，我们很难想象传真显像舞台上的演员不是有血有肉的人。每个声音都听得很清楚。这是因为传送器经常靠近演员，耳朵不必费劲去听清任何一节。

第一幕看完后休息了一会儿又看第二幕。全剧看完后，拉尔夫提议到底层去，登上他们的动力遥控滑行机，

准备趁晚上这个时候再多看看纽约。

他们三人开始滑行到纽约历来的闹市百老汇去。尽管时间已经是深夜十一点，街上仍然像正午那样明亮。人行道上面高高挂着铱螺线，灿烂辉煌的光线照亮了各条街道。因为电能全部转化为光，没有热耗损，所以，尽管这光线和太阳光一样明亮，可却是冷的。

阿莉斯和她父亲对形形色色的商店里的华丽的陈列感到恋恋不舍。他们走进几家商店，买了几件东西。自动电力打包机给阿莉斯留下了非常深刻的印象。

售货员把买好的物品放在金属台上，然后按小开关屏上的几只电钮，操纵体积仪器来算出物品包的大小。按了最后一只电钮之后，金属台就升高约两英尺，消失在一只箱形的大的金属机械装置里。十到十五秒后它又下降，物品包在一只整洁的白箱子里面。箱子并不是用绳子或带子绑牢的，而是包裹得很巧妙，不会自动松开。它是用一种特殊金属做成的，这种金属只有铝

的八分之一那么重。

箱子可以由买主拿去，也可以由售货员在箱子的把手上印上顾客的姓名住址，在箱子上贴上长方形的邮寄包裹的邮票，再把箱子放进柜台旁边的斜槽里，由邮寄包裹传送机送到顾客家里。

拉尔夫把他的客人带到屋顶上的出租飞机站，他们乘上了一架快速飞机。

"把我们升到 10 000 英尺的高空去。"拉尔夫对驾驶员说。

"你没有很多时间了，"驾驶员回答道，"十二点钟时所有的出租飞机都得离开天空。"

"为什么?"

"今天是九月十五日，是欢乐的航空节。在航空节还没有过去之前在纽约上空飞行是违法的。可是，如果你想要飞行，那就只剩下 25 分钟的飞行时间了。"

"如果你加快飞机的速度，25 分钟对我们来说是够用的。"

飞机不声不响地急速上升，十分钟后就达到 12 000 英尺的高度。

他们下面的景象美丽极了，简直无法形容。目光所及之处是一大片布满了灯光的大地，像是一块洒满了钻石的地毯。数以千计的航空器静静地驶过黑夜，它们的强大的探照灯划过天空。偶尔有一架庞大的横渡大西洋的班机以极大的速度"嗖"地一声飞过。

最美丽最奇妙的东西莫过于信号指示灯了。它们是最先进的强光探照灯，安装在特殊的建筑物上。它们直指天空，向上射出一束一束的强光。任何航空器都不允

许违反这些光柱的指示。每条光柱都能发出不同的信号。赫拉德广场的信号指示灯开始时是白的；十秒钟后它变成红的，再过十秒钟它又变成黄的。即使海上航空班机也能辨认信号，直向赫拉德广场飞去，而不必在城市上空盘旋寻找广场。

彩色光柱的不可思议的美使阿莉斯震惊。

"啊，这真像是神仙世界，"她喊道，"我但愿能一辈子看着它。"

但是不久出租飞机迅速下降，几分钟后从下面来的强光使得信号指示灯的光柱黯然失色。他们十二点钟着陆，拉尔夫在公共大楼顶上找到三只空椅子，只是在这时他们才注意到数以百计的人们已经各就各位，期待着观看天空的表演。

十二点时下面所有的灯光一齐熄灭，一切都投入到极度的黑暗之中。

头顶上极高的地方突然出现了一面扩大了许多倍的美国国旗。这面国旗是由六千架飞机组成的，这些飞机统统

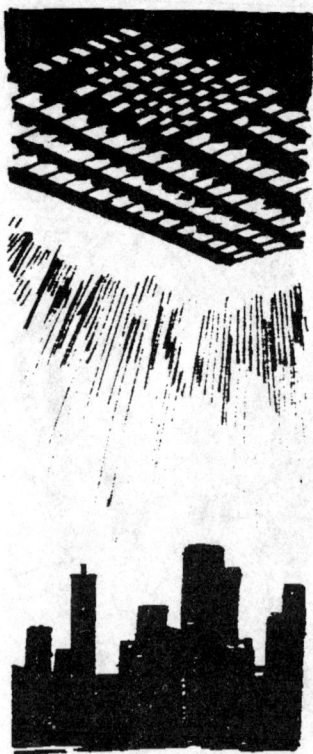

在同一个平面上。每架飞机底部都装有强光灯，有些是白灯，有些是红灯，还有一些是蓝灯。一面具有天然色彩的巨大的国旗就是这样组成的。这面巨大的国旗开始移动，在人们头顶上兜了一圈，使全体居民都能看到一面完整的国旗。

然后国旗突然消失了。一切又处在黑暗之中。下一个奇观是关于太阳系的表演。太阳系中心的大太阳是固定在那儿的。所有的行星和它们的月亮都在各自的轨道上环绕"太阳"运行。

后来又表演了其他几个壮丽奇景，一个比一个好。

他们到家时已经一点多钟了，拉尔夫提议吃一点点心，然后在后半夜睡一觉。其他两人同意了。后来拉尔夫又领他们到"灭菌室"去。

"灭菌室"是一间小房间，墙壁和地面都是用铅做的。四面都有安

装在支座上的大真空球。当真空球的管子里输入高振荡电流时，从阴极发出的射线便称为阿克求里安射线。任何杆菌暴露在这种射线之下，几秒钟后立即被消灭。

按法律的规定，每个公民至少必须隔日使用一次灭菌室。这样就使人体不可能沾上传染病。几个世纪以前人类的平均寿命是七十岁，现在灭菌室则把人寿延长到120岁至140岁之间。

[美国] 根思巴克 原作

林子清 苏 珊 改写

殷 虹 插图

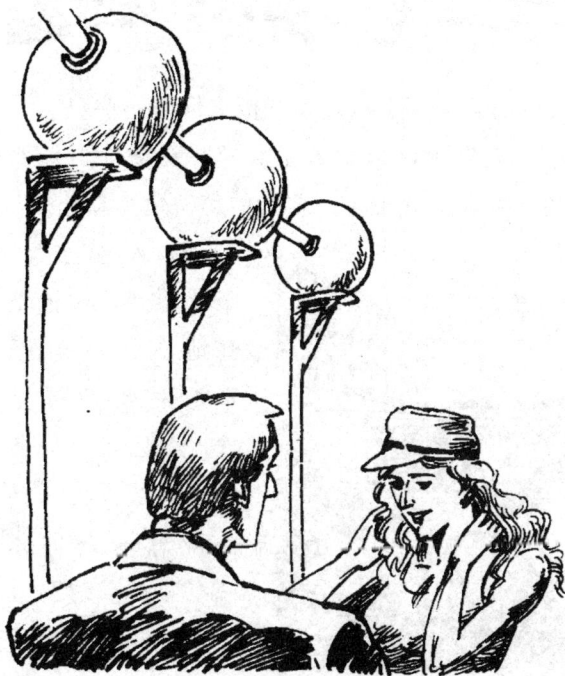

波

军事科技通讯社记者张弓，奉命采访北疆 88 基地的防御系统。

在基地专用机场迎接张弓的是他军事科技学院的老同学马坚。

自控旅行车从高速公路转入灌木林后的地下公路，马坚才告诉张弓，88 基地是在冰天雪地的峡谷地区地下 100 多米的秘密地下基地。

进入基地后，张弓看到，这地下基地不仅有鲜花、草地和清新的空气，而且还有蔚蓝色的人造天空。马坚得意地告诉张弓，这天空到晚上会昏暗，地下基地

一样有白天、黑夜和室内、室外。

　　走进小马宽敞舒适的宿舍，张弓发现小马床头和书架上不仅有他们熟悉的电子、遥感遥控和电脑等专业书，还有不少生物、物理、化学、化工和心理学的书，觉得很奇怪，就问道："你怎么还对这些有兴趣？"

　　"嘿，记者开始采访了！"小马笑着说，"你不是来采访防御系统的吗？这波45系统就是……"话还没说完，突然床头墙上的红色信号灯不断闪烁，蜂鸣器也发出了尖利的鸣叫声。

　　"紧急警报！"小马扣上衣服抓起才放下的军帽，转身就往外冲去。走到门口回头对张弓挥挥手说"指挥部已同意你采访期间住在我的宿

舍，我去执行任务，你在这儿别乱走，等我回来……"没说完人已出了门。

张弓认为，对于军人和记者，警报就是命令，所以毫不犹豫就跟着小马也冲出了宿舍。

张弓追随着小马跑进一幢建筑，看见小马走进了门上有"45－7"记号的房间，就跟着往里走。但一进门就被一双机械手拦腰抱住了。

"小马，马坚!"张弓挣扎着大声叫喊，但回答他的恰是门口屏风的严厉询问："证件，基地通行证，波45系统通行证。"

张弓越挣扎被抱得越紧，只能无可奈何地对着屏风出示了证件和采访命令。过了一会儿，屏风用较为温柔的声音说道："经核查，基地指挥部同意张弓同志采访，发给临时通行证。"说完就松开了机械手，同时屏风上翻出个小窗口，吐出一块银色的小牌，上面还印着相片。

转过屏风才真正进入室内，张弓见到马坚已在一台大型仪器前专注地开始工作了。他就在小马身边坐下，注视着仪器上的屏幕和信号灯，但看不出什么名堂。

小马忽然指着荧屏上的一些亮点小声对张弓说："奇怪！怎么只有 12 个呢？"张弓数着亮点："1，2，3，……，12。是 12 个。"他不明白，为什么 12 个就奇怪了。

小马把一份传真递给张弓，张弓一看是发来的作战令，上面明白地说明：根据卫星侦察信息分析，敌 SR17 基地起飞 13 架飞机，有入侵企图，命令88基地做好准备，全歼入侵之敌。原来有 13 架飞机起飞，现在只有 12 架，是有点奇怪。

这时，光导传真机又传来了第二道作战命令："……敌 SR17 基地起飞的 13 架飞机中，有一架是壁虎式侦察机，立即启动波 45 系统。"

壁虎式！张弓听说过，这是国外吹嘘很久而一直未见问世的高速低空侦察机，据说可以贴着水面、山坡和建筑物进行"仿形飞行"，并装备有先进的反侦察、反干扰、反导弹等电子系统的新式高级侦察机，号称"无所不至，无所不能"。想不到今天真出动了，似乎真有点名堂，果然在起飞后就找不到它的踪影了。

见到启动波45系统的命令，小马打开了电子地图。壁上呈现的大幅电子地图上，一抹淡蓝色的光晕表示88基地的护卫区域，几乎包括了北疆近百万平方公里的面积和一千多公里的国境线。忽然，地图上北疆工业重镇枫市地区出现了一个闪烁的黄色光斑。

小马按了几个按钮，面前仪器中的一个荧屏上出现了放大的黄色光斑，但已被一组光

环牢牢地罩住了。另一个荧光屏上出现了一架奇形怪状的飞机,机翼短而宽,扁平的机身拖着一条长长的尾巴,尾端还有一个机舱。这怪飞机模样不像壁虎而像一只蝎子。

"这家伙真丑,"张弓嘀咕道,"现在就可以把它揍下来了吧?"

"揍下来?不行!"小马故作神秘地说,"揍下来我们就没法去参观这架宝贝飞机了。"

电子地图上的黄色光斑忽然像摇头苍蝇似的乱转圈子,不久就不动了。小马高兴地轻声欢呼,拍拍张弓的肩膀说:"好了。走,我们去见识见识这架壁虎式的庐山真面目。"

张弓不知小马的葫芦里卖的什么药,但兴趣很大地随小马钻进了地下高速通行器。

走出高速通行器,张弓大吃一惊。刚才在屏幕上见到的那架奇形怪

状的壁虎式飞机，乖乖地停在面前的开阔地上，几名军人正围着它指指点点，一个垂头丧气的大胡子蓝眼睛驾驶员，被押送过来。

张弓凭记者职业的敏感，决定先去旁听审问，就随着他们进了审讯室。他见到那个驾驶员，满脸是惶惑、惊慌的表情，不住地揉眼睛，似乎不相信自己当了俘虏。

"我们从 SR17 基地起飞，那12架高空侦察机只是虚张声势的诱饵，而我从超低空潜越边境，顺利地到达了目标地枫市上空，按计划拍摄了工业和军事设施，还意外地发现了几个导弹基地……但校对空中方位时，发现数据有很大误差……"驾驶员柯鲁日也夫埋着头说道，"进入贵国领空后，一直很紧张，既然完成了计划任务，我就赶紧往回飞。但方位数据总不对头，心

中更发慌。忽然又发现，底下的工厂街市一下变成了泛着银光的湖泊，四周都是光秃秃的山峦。

"更不可思议的是，空中出现了十几架壁虎式飞机，正向我包围、逼近。我的天啊！我们化了好几年才拼凑出三架壁虎式。第一架在试飞时损坏了，还有一架本该和我一起执行这次的任务，但临起飞前，驾驶员喝了酒把大队长揍了，被关了起来，只有我这一架起飞，怎么会有十几架呢？难道中国也有了壁虎式？我真要急疯了。

"我左冲右突上下翻滚，拼命想突围，但这些壁虎越围越紧，眼看要和一架飞机对撞了，我吓得浑身发抖双眼紧闭……我想这下完了，我的上帝啊！但似乎没撞上，睁开眼一看，那些壁虎全都烟消云散了，而

我居然已回到了自家 SR17 基地上空。当时我惊喜交集，甚至还想到了大笔的奖金和升级、休假……能从中国侦察回来，我理应受到英雄般的接待和嘉奖……

"可是我昏昏沉沉飘飘然地跨出机舱时，想不到迎接我的不是鲜花和拥抱，而是你们的冲锋枪。请告诉我，是不是我的神经出了毛病？"他说完后，一副无可奈何又莫名其妙的神态。

小马悄悄对张弓说："这大胡子永远也不会明白，他已是波 45 系统第 20 名俘虏了。"

"波 45 系统究竟是怎么回事？是使人产生幻觉还是影响神经系统产生心理作用？"张弓在回去的路上问小马。

"这三言两语也说不清，你最好去采访枫市大学的王凡教授，波 45 系统就是根据王凡教授的'波理论'进行研制设计的高能综合波防御系统。简单的讲，王凡教授认为一切客观物质，都可用不同的'波'来表达和被感受。壁虎之类不速之客，无非想来偷听偷看，波 45 系统就给他看给他听，包括那个大湖、十几架壁虎和导弹基地，都是波 45 系统的杰作。最后波 45 系统用'SR17 基地'把它请了下来。外国人不是常说什么'上帝要它灭亡，先让它疯狂'，哈！"

小马的一番解释，张弓听得似懂非懂，心中痒痒的，感到要弄明白这波 45 防御系统，一定得去采访王凡教授。于是马上向军科社和基地指挥部提出了申请报告，很快就得到了批准。张弓性急地决定立刻去枫市，正好基地要送几份资料给王凡教授，就派了专机送张弓去枫市。

到达枫市后，张弓就自己乘车去枫市大学。在公共汽车上，张弓发现那片临时通行证还在口袋里，有些不安地拿出来看了一眼，急忙再塞进口袋。他并没发现，车上有个瘦高的中年人正扶着眼镜在注意他的动作。

枫市大学的门卫是位秀气的姑娘，看了张弓的介绍信说："知道你要来。

今天是星期日，你可以直接去王教授家。他住星湖畔绿枫村第 5 号。"
姑娘还要指点方向，张弓已匆匆转身走了。

绕过星湖，张弓见到几座雅致的小楼隐在一片翠绿之中，靠湖一幢
楼有斗大的 5 字。

张弓走过去，绕着小楼转
了一圈，竟没找到门，他在爬
满长春藤的围墙前愣住了，这
楼的围墙没有门怎么进去呢？

正在他进退两难地犹豫
时，突然从他面前的围墙中走
出了一位老先生，可让他大吃
一惊。从没门没洞的围墙中，
突然冒出个人来，谁都会大吃
一惊的。

张弓还没回过神来，老先
生笑着伸出了手，拉着张弓的
手臂说："是张弓同志吧，我
就是王凡。请进！"王教授身
后依然还是那堵无门无洞令人
尴尬的围墙。

张弓不自然地笑着，但身

子就是不动。他想起了阿里巴巴的"芝麻开门",也想起了"崂山道士"。王教授看出了他的踌躇,笑着解释道:"这是波,玲玲和你开玩笑呢。走吧。"说完若无其事地转身跨进了"墙"。张弓犹犹豫豫地试探着跟着跨了一步,居然也没阻没挡地穿墙而进了。

"这就是波?"张弓走进小楼时回头看看那围墙,发现什么都没有了,围墙、长春藤都烟消云散,一眼望到的是波光粼粼的星湖。

进了屋王教授给张弓沏了杯茶,张弓先送交了基地的资料,正要说话,里间的电话铃响了。王教授去接电话,张弓就在书房中四处看看。

张弓看到,窗台上一盆水仙正在盛开,而电脑旁的花瓶中插的是令箭荷花。他暗自赞叹现代园艺发展真了不得,花开花落已可不分季节了,这冬天、夏天的花可以一起开。

张弓又被墙上的挂画吸引了。王教授显然很有艺术鉴赏水平,挂的都是精

选的中外名作。徐悲鸿的马、齐白石的虾、黄胄的毛驴、李可染的山水，还有米勒、米开朗琪罗、达·芬奇……爱好美术的张弓被大师的传世名作吸引，情不自禁地走近仔细欣赏。认真一看，他吃了一惊。他发现这些画竟都是原作！这可能吗？稀世之珍怎么可能集中在这里呢？虽然他知道看画忌用手去触摸，但这时却条件反射似的伸手去摸一摸。

他正站在那画中瑰宝"蒙娜里莎"前面，这伸手一摸又吃了一惊。他看得真真切切，可是伸手一摸却空空如也，什么也没摸到。他使劲擦了下眼睛，又摸了一下，还是空空的，他愣住了。蒙娜里莎的神秘微笑中似乎多了一点嘲弄。

教授回到书房，正见到张弓莫名其妙的模样，就笑着说："这和围墙一样，一组小型视觉波发射仪。"他见张弓还不太明白，就引他到窗前，示意去闻闻水仙花。

张弓来了个深呼吸，一股水仙的清香沁人心脾，真醉人。突然，浓烈的玫瑰香味冲进鼻孔，他眼前婷婷玉立的水仙一下变成了鲜艳的红玫瑰了。王教授对着又在发愣的张弓说："这是视觉嗅觉综合波发射仪。"

"我不想专门介绍什么理论了。你见到的围墙、画、花和闻到的花香，都是人工信息波，也就是我们所能感受到的一切都可用信息波来表达，并被我们所感受。当然，信息波并不能真正的代替一切，你吃

'信息波'是吃不饱的。具体的各种信息波仪器设备的功能，等一下我们到实验室去看看……"

这时门铃响了，门内的小屏幕上映出一个戴眼镜的中年人，正笑容满面地在按门铃。

"您找谁？"王教授显然不认识来客。

"我找王凡教授。我是杨平的同事洪青，刚从国外回来，杨平托我给王教授捎点东西。"听说是自己得意门生的同事，王教授高兴地开门把客人迎进来。

"我这次动身很仓促，杨平来不及写信，让我捎来两篇论文请导师审阅，还有一件小礼品。"洪青进门还没坐下，就从提包中拿出一个精致的小盒，打开后现出一座玲珑精巧的"艾菲尔铁塔"。

"杨平还记得我喜欢塔！"王教授显得很高兴。洪青按了下塔座上的按钮，斯特劳斯优美的"蓝色的多瑙河"乐曲从铁塔中飘响起来。"他知道我喜欢斯特劳斯。"王教授更高兴了。

于是王教授和洪青在融洽的气氛中开始关于杨平的信息波实验分析研究论文的讨论。张弓在一旁听得似懂非懂，但还是饶有兴趣。

洪青似乎觉察张弓被冷落了，有意邀请张弓参加讨论。但张弓觉得难于插言，客气地说了句应酬话："你们谈吧，我听得很有兴趣，实验室我等一会再去……"他还没说完，发现王教授有些不满地看了他一眼。

洪青听说要参观实验室，表示了极大热情，王教授犹豫了一下也就同意了。他们一起出门去实验室时，王教授顺手按了一下衣架旁一个隐

蔽的红色按钮。

实验室在一幢独立的三层楼房里，掩在一片苍翠的松林中。楼顶有几组环形天线和太阳能接收器，可看出这楼不是一般的办公楼。在他们进实验大楼时，王教授认真地进行登记，还通过电子摄像仪留下了每个人的形象。

一楼的实验室是关于波的基础分析研究室，有色彩、光谱、电磁波、声波等信息波的研究；有听觉、视觉、味觉、温感、触觉和生物电流、脑电波的分析研究，专业性很强，些曲线、波形和数据使张弓很伤脑筋，洪青参观得很仔细，不时地扶着眼镜做记录。

二楼实验室是研制各种波发射仪的，大家兴趣更大了。他们看到了新奇的"波形报

刊"，这种自己悬在空中，还可翻页、放大的报刊，可调成你最舒服的角度供你阅读，按一下按钮就可换一种报纸或杂志。当然，这报刊是看得见摸不着的"空中成像"。

他们还看到了"波形鱼缸"，缸中游动着色彩缤纷的热带鱼。张弓无意碰了下波发射仪的旋钮，几条彩鱼竟穿缸而出，飘游在空中，令大家拍手叫绝，张弓认为这一切一定都是空空如也，所以故意把手往鱼缸中伸，不料居然觉得真地浸入了水中，而且还是温水之中。可是手伸出来，居然滴水未沾，原来这水感、温感也是"波感"。

他们还在一个实验室里闻香品味。王教授随心所欲地让大家闻玫瑰、薄荷、木樨、檀香的香味和大蒜、韭菜、臭豆腐的臭味；又尝了咖喱牛肉、糖醋排骨、红烧鲫鱼、麻辣兔丁和怪味豆。但他风趣地宣告："精神会餐，味道好极了，肚皮受骗了。"

到三楼，王教授只打开了两间实验室。在波干扰研制组，电子音屏

引起了大家极大兴趣。王教授先打开了立体声音响，《长江交响诗》热情奔放的旋律滚滚而来，时而轻缓流畅清流淙淙，时而狂奔直泻波涛汹涌……正当进入气势澎湃的主旋律高潮时，他按下了电子音屏的按钮，响亮的乐曲突然无声无息，但他们只往前走了两步，犹如穿过了厚墙打开了门窗，如同雷鸣响鼓的铿锵激越的钢琴声又传入了耳膜。张弓高兴得拍起手来，而洪青仍扶着眼镜微笑着望着电子音屏仪不住地点头。

综合仿形波发射仪可让他们吃了一惊。先是几只波斯猫，在地下嬉戏相娱翻滚作态，还不时咪呜咪呜地娇叫。只要不去抱它，谁也不会怀疑它们是徒有其形虚有其声的"波"。后来出现了几只猎豹，虽然知道这是波，但其中一只突然吼叫一声扑过来，还是被吓得连连倒退撞到了墙上，洪青的眼镜也差点掉下来。

最后他们到了三楼的办公室，王

教授客气地征求意见。刚才一直话语不多的洪青，这时接二连三地提出了不少问题，还希望提供仪器设备的资料。王教授做了一些介绍，还取出了几份设计任务书，但明确表示正式的图纸资料不能提供。洪青有些不自然地笑了笑，告辞说："今天听了王教授的教导，看了实验，收获非常大，我还要去南方，然后直接回国外的研究所，是否要给杨平捎什么东西？"

王教授想了一下说："请谢谢杨平的礼物，论文的意见我写好了就寄给他。谢谢洪先生专门送来。我来不及准备什么礼物了，有几份资料请捎给杨平。"说着转身从屋角的保险柜中去取资料。

这时，洪青也转身走到门口，关上门回过身来时，右手握着一支笔式电筒似的东西，对他们扬了扬，虎着脸大声说

道："别再表演戏法了。王凡先生，我手上是一支激光枪，可以在 0.1 秒内杀伤 20 米范围内的任何人。我并不想在您这位著名专家身上试验它的威力，但我们得好好谈谈。"

王教授僵立在保险柜前，张弓一下从椅子上站了起来，问道："你是什么人？想干什么？"

洪青冷笑一声："88 基地的军官先生，我还应当感谢你，没有你引路我还不会那么容易进到这实验室呢。我是什么人无关紧要，现在还是请王教授把波防御系统的资料拿出来吧。"

王教授似乎已回过神来，平静地问道："你是冲着 88 基地的波防御系统来的吧，就只要这些资料？"好像要讨价还价。

洪青酸溜溜地答道："这次就要这个，以后我们会常来常往的嘛。条件可以讲清楚，我们对合作者是慷慨大方的。一是保证你的安全，一切绝对保密；二是经济报酬，这次先付 10 万美金，愿在瑞士银行开户

也可代办；三是你愿意到国外进行研究、讲学，我们随时提供一切方便，只要你开口就行。本来这次没考虑张弓先生，既然今天在座，还是有功之臣，我就自作主张定个报酬两万美金，其他同样条件。哈哈……"

张弓听了这套无耻之词非常气愤，正想反驳，恰见王教授竟点着头又去开保险柜门了。张弓不禁对着王教授叫道："王教授，你……"

"张弓先生，你老实点！否则我就消灭了你，还省下两万美金呢。还是王教授识时务……"洪青尖叫着，但话没说完突然瞪大了眼睛张大了嘴。张弓也又惊又喜地张大了嘴瞪大了眼睛。

原来，王教授站在保险柜前，突然身子一晃，一下子变成了十几个一模一样的王教授，站在保险柜四周。

要从这群王教授中分辨出谁是"正身"，简直是不可能的事。

洪青被激怒了，凶狠地举起激光枪想向教授群开火，但忽视了还有个张弓在一旁。张弓趁机猛扑过去一下把洪青的激光枪打在了地下，但他自己也跌倒在地下了。

洪青并没有急着去捡地下的激光枪，而是从口袋里拿出了一个小盒，样子和艾菲尔铁塔的小盒一样。他把小盒举在头顶，眼中露出杀气，恶狠狠地叫道："还给我玩花样！我手上可不是什么艺术品，谁再乱动，让你们和实验楼一起完蛋。"无疑他手中是一枚烈性炸弹。

显然洪青是个亡命徒，假如实验楼被破坏，损失也不亚于机密的泄漏，王凡教授似乎被吓住了，教授群一下又聚变成了一个人，沮丧地站在保险柜前。

张弓从地下站起来，眼睛还望着地下的那支激光枪。洪青把高举的手摇了摇，凶狠地对张弓喝道："别再想做蠢事，我不会再给你们机会的了。把枪给我踢过来！"

张弓迟疑地不想动，但王教授却点头示意张弓照办。张弓不情愿地用脚把激光枪踢到洪青的身边。

洪青眼睛望着他们，慢慢地蹲下去捡枪。就在这时，突然从天花板

上的吊灯中射出一道闪电，准确地把洪青紧捏着小盒的手击中。洪青像受伤的狼一样嚎叫一声，在地下打了几个滚，然后缩成一团再也站不起来了。

办公室的门一下打开了，校门口的那位门卫姑娘和王教授一起走了进来。张弓往保险柜那儿望去，刚才站在那里的王教授正在消失。

王教授走近躺在地下的洪青，看了一眼问姑娘："你用了

多大能级的脉冲波？"

"9级！这家伙太坏了，进门时骗我呢！"

"其实只要5级就足够了，现在他半个小时都清醒不了。对了，张弓同志我给你介绍一下，这是枫市大学保卫部的工程师王春玲，我的女儿。"王教授说话时有点得意。

"小张同志，刚才你猛扑过去抢枪，可把我吓了一跳，假如他真开枪伤了你，我可要

负责任了。其实你们离家去实验室时，爸爸已通知我，登记摄像时我已在调查这个洪青了。他根本不是杨平的同事，还有他的武器都是高分子材料，所以一下没检查出来。"

对王教授的采访，最后以抓住洪青告一段落。张弓再回到 88 基地继续采访波 45 系统时，终于弄明白了洪青是藏在壁虎式侦察机的尾舱潜入国境的特务，连驾驶员也不知道，他的目标就是王凡教授，而张弓的临时通行证被洪青看到，就把 88 基地和王教授联系起来了。

张弓的采访任务虽然连出意外，还是得到了军科社和 88 基地的肯定和嘉奖，但为了临时通行证的失误，领奖时还交了一份检讨。

[中国] 王晓达

周福生　插图

"天堂"星异事

  吉帝恩是一个星际联邦之外的一个独立的星球，素有"天堂"之称。星际联邦希望它能成为联邦成员国，但吉帝恩迟迟不做回答。吉帝恩也不同意星际联邦派任何人对该星球作视察或访问。在协商过程中，吉帝恩突然同意让柯克船长一人去那儿访问。

  柯克船长十分高兴，一心想早日看到吉帝恩是一个怎样的天堂。当"企业号"的转运器把他用光波发射出去后，柯克感到转运器房间内有光亮闪烁了一下，接着一切照旧。他仍在"企业号"上，但这时船上却突然空无一人。柯克打开内部通信联系装置，责问大副斯波克，为什么没把他送出去，但无人回答他。

在"企业号"船上，吉帝恩的总理霍亭的脸庞出现在交际屏上。他指责"企业号"没按事先约定的那样把柯克船长送到吉帝恩，说他们理事会成员仍在等待柯克船长的光临。斯波克大副感到非常诧异。因为他们清楚地记得是他自己开动转运器把柯克船长送出去的。经过核对，他也确实是按吉帝恩方面所提供的理事会大厅的协调信号，把柯克发射出去的。但霍亭总理认为柯克船长的失踪应怪罪于斯波克等人和机械的差错。斯波克说他们的机械非常复杂和精确，但当然不排斥会有一点小差错。所以虽然柯克船长没有在理事会大厅出现，他仍将会出现在吉帝恩的其他地方。他要求自己去吉帝恩寻找船长。霍亭总理表示反对，他答应代斯波克在吉帝恩各处寻找柯克，并把结果通知他。斯波克没有办法，只得让大家先用仪器对太空进行扫描，寻找柯克船长。

而在这时，柯克船长却在他的船上到处找人。四周一片寂静。他只听到自己的呼吸声。周围的一切使他感到好像他自己和船员已从宇宙上消亡很久，只是他的灵魂重返"企业号"似的。突然，他听到跳舞的脚步声在走

廊里回响。他循声搜寻过去，终于看到一位美丽的姑娘。她一见柯克就感到惊慌失措。在柯克的追问下，那位姑娘告诉柯克，她的名字叫奥多娜。但她自己也不知道怎么会落到了船上。她只记得她是在一个挤满了人的大厅内。周围的人，把她挤得透不过气来。她尖叫着挤出大厅，后面的人群把她推呀、推呀……

柯克告诉奥多娜，他是船上 430 人中唯一留下的人。他不可能是唯一活着的人。他俩从电视屏幕上看到星星的变化，知道船在向前行进。奥多娜在寂静的环境中很感到安慰。她表示希望永远能在这样的环境中生活下去。但柯克却急切地想回到自己的舰队成员中去。他为姑娘如此向往孤独感到奇怪。奥多娜告诉他，由于吉帝恩星球上的人有强大的生命力，他们从来也没有疾病和死亡，现在已经是人满为患了。

这时在"企业号"船上，吉帝恩与斯波克又取得了联系。霍亭总理

宣称他们找遍整个吉帝恩都没找到柯克。他对斯波克的争辩不予理睬。他的态度引起了船上工作人员的公愤，斯波克再三要求能让他去吉帝恩寻找柯克。霍亭认为柯克船长的失踪已说明船上的机械有问题，不能让他再次冒险。斯波克为了不与霍亭顶牛，只得说机械已修理过。由于斯波克的坚持，霍亭与理事会的成员商量后提出让他的一位官员先试一下，把他从吉帝恩理事会大厅送到"企业号"船上。他们再次提供了协调信号。转运器开动以后，光波确实把那位年轻官员送到了船上。但尽管这位年轻官员的到来证实运输机械毫无问题，霍亭仍不肯让斯波克去吉帝恩。他说要经过吉帝恩下一届理事会的讨论才能决定是否让斯波克去吉帝恩。斯波克只得把那年轻人先用光波送回吉帝恩。他们决定向星际舰队请示，要求派斯波克去吉帝恩。因为吉帝恩已得到星际联

邦的同意，不受传感器的影响，所以他们除了进行实地调查别无他法。舰队司令认为，他们未经星际联邦和星际舰队的批准，不得擅自行动。斯波克只得再进一步作周密考察。他发现吉帝恩方面为柯克去那儿时所提供的理事会大厅的协调信号与把他们的年轻官员从理事会大厅送来时的协调信号不一致。他由此而断定，吉帝恩给柯克所提供的协调信号肯定是另一个地方。他决定违背舰队司令的命令，让"企业号"按那一协调信号把自己送到柯克所去的地方。

奥多娜对在船上的一切都感到新奇。当她观看药品柜时，不小心触动了高压消毒锅的开关。柯克急忙把她推开，可是从高压锅内喷出的火焰已把她的一只手指烧掉。但奥多娜仍旧泰然自若，丝毫不感到惊慌。一会儿她的手指已再生如新。柯克这才真正理解到这星球上的人有着非凡的再生能力。突然，他们听到一种声音。这种声音逐步成为机械的跳动声。柯克从电视屏幕上看到海港到处都是挤得喘不过气来的人群。

他定睛一看，屏幕上又只出现星星闪烁的天空。柯克意识到那种机械的跳动声是人的心脏跳动声，有人在使他产生幻觉。他突然对奥多娜怀疑起来。他责问奥多娜是否为了要安静的环境而把船上的人都给杀了。奥多娜浑身发抖。她说她什么也不知道。她突然倒在他的手臂上，感到她将要死去，同时她又感到快慰，因为今后星球上可以有疾病和死亡。

正在此时，霍亭总理跟一些人一起走了进来。他告诉柯克，他们的试验已初步取得成功。他还告诉柯克，奥多娜生的是脉络丛脑膜炎。他们在与星际联邦谈判过程中了解到柯克船长的病历，于是他们设法把他带到那儿，从他的手臂上取得病毒。柯克船长这才知道为什么他在碰到奥多娜

后感到手臂疼痛。霍亭不让柯克营救奥多娜。尽管她是他心爱的女儿，他为他的女儿为了整个吉帝恩而自觉献身感到自豪。他要让他的女儿成为吉帝恩的榜样。他表示希望柯克留在吉帝恩提供病毒。尽管柯克表示反对，但霍亭不予理睬。

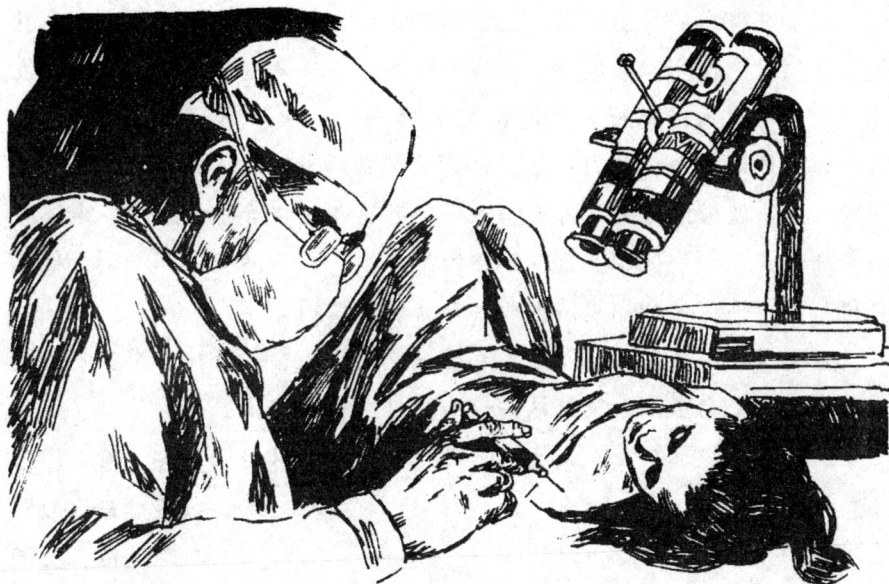

在"企业号"船上，转运器把斯波克发射出去后，斯波克发现自己仍在"企业号"船上。他通过联络器与把他送出去的斯考特取得联系。斯考特对他说，他是按他所提供的协调信号把他送出去的，斯波克由此断定他现在所处的一只船是与"企业号"一模一样的复制品。于是他立即开始在船上寻找柯克。

这时，奥多娜已奄奄一息，生命垂危。柯克感到万分悲伤。斯波克及时赶到，通过联络器与"企业号"取得联系，叫来了麦克考埃医生抢救奥多娜。

奥多娜病愈后，出于对自己星球的忠诚，决心回到吉帝恩，在那儿起提供病毒的作用。斯波克和麦克考埃医生等人考虑到霍亭希望他的女儿成为吉帝恩人的榜样，决定给奥多娜颁发一面旗子，表明她生过重病。以后任何一个吉帝恩人从奥多娜处得到病毒，就可以得到这样的一面旗子。这就可以成为吉帝恩的标记。于是，在"企业号"上，全体船员参加仪式，柯克把旗子别在奥多娜的肩上。由于两人信仰不同，他俩只得分手。柯克命令用光波把奥多娜送回吉帝恩。

麦克考埃医生在"企业号"起航后问柯克，星际联邦是否会要吉帝恩这样的一个会员国，柯克认为这应让外交家去决定。

[美国] 吉　恩　原作

肇　曾　改写

李伟良　插图

超级公寓

一、须原英介这个人

窗外，已是一片黄昏。雪，还在不停地下。

"不，我不是勉强你去采访，"戴斯克从窗外转过身来轻轻地说，"只是……我觉得有点蹊跷。"

我默不作声，注视着对方。

"比如说……"戴斯克点燃一支烟，"现在，1985年的东京都内，名为大楼的建筑物有多少?"

"这，我记不清了，"我皱了皱眉，"向资料部的计算机询问一下，就知道了……是不是？"

"不，算了。"戴斯克笑了笑，"这些大楼中，有一幢现在每月要支付巨额的电费。你怎么解释？"

"这倒的确奇怪。……说不定大楼里有地下工场什么的。"

"不，这大楼只是一幢公寓。"

"……"

"而且，这幢公寓从设计、施工、直到管理都是一个人干的。一个叫须原英介的男人……"

"须原英介？"我瞪大眼睛。

须原英介是我高中时代的同班生。有一时期，我们曾友好相处，亲密无间。但是后来便渐渐疏远了，因为我跟他合不来。他是个非常精干的家伙。我根据自己的能力选择了新闻记者这个职业。须原英介是一位先进的

科学家，很有名气。他获得了几项专利，转眼之间就成了一个百万富翁。

其实，这些专利都是钻了他人弱点的空子，说得直率些，都是"不义之财"。做生意他当然是成功了。但是，他的这种做法却遭到了社会各界人士的猛烈抨击。

最后，他在日本呆不下去，溜到美国去了。

难道须原英介又回到日本来了吗？

"你不觉得奇怪吗？"戴斯克喃喃地说，"一位人们所熟知的具有百万财产的科学家，悄悄地回到日本，难道仅仅是来管理一幢公寓？"

"应该调查一下。"

"唔，"戴斯克掐灭了烟蒂说，"我们考虑过了。但是须原英介不愿会见我们。所以……"

"所以就叫我这个同班生去？"

"啊，"戴斯克狡猾地笑了笑，"当然，我们不勉强你去。"

"不，"我站起来说，"我去。嗯……请允许我去。"

二、走廊遇险

出了报社，天色已转黑了。在大楼的灯光和路灯的光束中，雪仍在霏霏地下着。地上已积起了 20 英寸（1 英寸＝25.4 毫米）的白雪。今年的气候比较暖和，原以为可以舒舒服服地进入春季了，想不到突然又下起了大雪。

我本想使用报社的汽车。可是去目的地的公寓并不远，再说，须原英介是拒绝采访的。既然如此，驾驶飘扬着社旗的汽车去他的公寓，简直愚蠢透顶。

我朝百米外的大马路上一看，公共汽车还在通行。于是，我决定乘公共汽车。

等了一会儿，公共汽车来了。

我上车后站着，手拉在吊环上，也顾不得身后的人挤来挤去，只管

眺望窗外的城市夜景。

这是只有东京才有的壮观景色：三四十层的高楼大厦巍然林立，触目皆是。高架独轨电车在建筑群中穿梭来往，高速运货的高压空气传送道蜿蜒起伏。在大雪纷纷的景色中，这一切显得异常繁忙、紧张。

是的，东京的面貌变了。但人与人之间的关系却丝毫未变。东京的那种混乱状态一如既往。

我沉湎在不着边际的遐想中，差点乘过了站。我连忙把自己的信用卡塞人收费孔，等信用卡穿好孔，扣除了车费后便抽了出来，然后，我急急忙忙下了车。

雪，还在下。

我沿着大街走进了高层住宅群里。这些住宅街上都有自动步道，下班的人们站在上面，朝前慢慢移动。

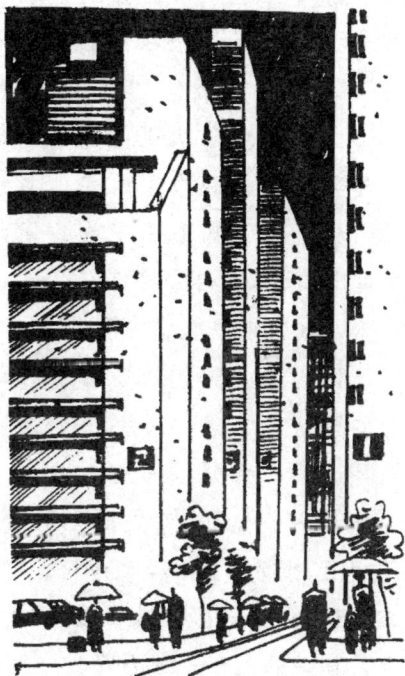

我站在皮带上，寻视我要找的大楼。现在大楼上都安装了灯光显示的门牌号码，不必像过去那样为找门牌打转转了。

有了。

我简直怀疑自己的眼睛：我要找的这幢楼竟只有 3 层，与周围 40 层的大楼相比，它显得十分可怜。

大楼没一扇窗子。

我走下自动步道，一步步走上积雪的缓坡。

入口处很小，可门却非常厚实。

回家的人一个个从自己的口袋里掏出一块金属片按在门锁上，等待门开。

我原来计划从正门进去，提出要会见须原英介。可是一看这番情景，我就知道那里面肯定连受理申请的服务台都没有。

这么看来只能偷偷溜进去了。

我站在大门边，装着擦皮鞋上的泥巴。

过了一会儿，又有五六个人一伙回来了。正如我所期待的，他们互相都不面熟，也不交谈什么。有一个人把金属片按在门锁上，其余的人在一旁等着。

机会来了！

我装作若无其事的样子，加入了他们一伙。门开了，我学着大家的样，朝开门的人行了个礼，走了进去。

进了门，旁边是电梯。电梯隔壁就是楼梯。我想与其在明亮的电梯里同别人讲些礼节性的话，从而引起别人可能的怀疑，倒不如走楼梯来得安全。

楼梯很暗，皮鞋发出讨厌的吱吱声在空中回响。

我来到了2楼。

楼梯口的前方是一扇半透明的门。推门进去，有一条通往左右两侧的走廊。走廊一直延伸到深处，一路上都点着灯，就像大饭店的走廊一样。

我呆住了。这大楼不会有这么大的。

大概这幢楼从正面看虽然较窄，但两边却

相当长吧。

我犹豫不决地跨进了走廊，向右走了一会儿，来到了拐向右边的一个岔道上。

走廊沿着右边方向伸到远处。

不，不对，哪会有这种事呢？

我的额头上渗出了黏糊糊的汗水。

是幻觉？怎么看起来这么大？

我茫然不知所措。这时，我忽然看见一个人影从走廊的对面慢慢朝这儿走来。他腰间挂着工具，手上拿着一根电击棒。

值班警卫！我醒悟过来，立刻拔腿便跑。我知道这一逃准没好事。可是我实在太吃惊了，连想都没想就本能地逃跑起来了。

"站住！"背后传来一声吼叫。

我拚命地朝前奔去。脚下是厚厚的、软绵绵的地毯。走廊在朝后飞

快地退去。

楼梯口到了。我正要往下跑，突然看见有个女人往上走来。

我转身往上跑去，到了3楼。我回头一看，那人十分敏捷，已快追到我身后了。于是我2级一跨地再往上跑。上面就是屋顶了，真是山穷水尽。可是，跑到上面一看，竟写着有4楼！我不顾三七二十一又跑了上去。

来到了5楼。这时我已喘不出气来了，胸口闷得直发慌。追踪者从身后逼上来了。

再上6楼。接着是7楼。一阵恐惧爬上了我的背脊。7楼上面是8楼，然后是9楼。

我的腿瘫软了。在碰上万万想不到的事情时人们所产生的那种恐怖，紧紧攥住了我的心。

我跪倒了。

追踪者的双手扼住了我的头颈。

"抓住啦！你到底——"他盯着我的脸，"怎么？原来是你！"

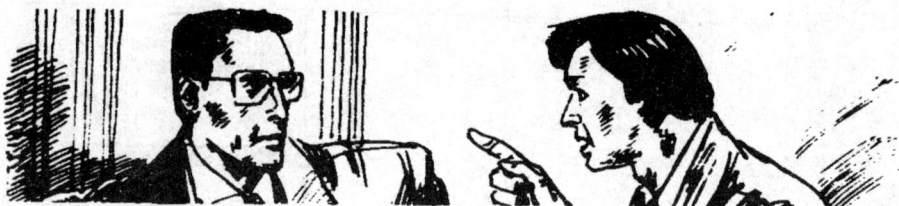

这人就是须原英介。

"为什么像个窃贼，鬼鬼祟祟的？"

"我倒要问你！"我呼哧呼哧喘着大气嚷道，"这大楼……到底是什么！？"

"既然你来了，我就告诉你吧！"须原英介冷笑一声，"这里的空间被折叠起来了。"

"什么？"

"到我房间来吧。"

三、折叠的空间

"简直难以置信，"须原英介话刚说完，我就说，"在一个空间里，把好几百倍大的空间折叠起来，容纳在一块儿——这不可能！"

"我已向你说了整整一小时了。空间这东西不是绝对的，不是铁板一块。它既有扭歪的，也有重叠的。只要有适当的方法，足够的能量，就能把它折叠起来。在这幢楼里有可以容纳好几幢大楼的空间。如果你实在想不通的话——虽然并不一定正确——你可以这样去理解：这儿是个'多维'空间，"须原英介耸了耸肩，"其实，这并不是我的发明，是美国的一位学者，他发表了一篇论文，做了小规模的实验，可是没有人相信他。后来，我把它拿来，实际用上了。"

"实际用上？"

"是啊。采取这一方法，可以成百倍地利用东京现有的狭窄的土地了。这幢公寓仅仅是第一号。当然，要保持这个饱和的空间，必须得支付巨额的电费。这电费就靠房租收入来抵偿了。因此，我还能发一笔大财呢！"

"等一等！"我不慌不忙地问道，"保持这个饱和的空间所需要的能量就是靠电吗？"

停电→爆炸

"除此之外，别无他法。"

"那么……万一停电了怎么办？"

"那将会发生大爆炸，"须原英介平淡地说，"饱和的空间如果一完蛋，其结果就相当于一颗原子弹爆炸。因为这一空间中的物质是紧紧地重叠在一起的。"

"这样的……"我不禁抽了口冷气，"这样的大楼太危险了，这是绝对不许可建造的。"

"现在不是已造好了吗？只要符合建筑标准就行。官员们来我们这儿，只看了3层楼面就放心了。楼面看起来十分宽敞，其实，这是种特别的视觉效果引起的，我骗了他们。"

"其他工程呢？自来水管啦，煤气管啦，电线等等？"

"这都是分别由各部门负责的。他们哪里搞得清是怎么回事啊。他们都千篇一律，看看符合他们那个部门的标准了，就完了。"

"居住人呢？"

"他们更好对付。对他们来说，找得到自己的住房已经是不错的啦，有哪个人会别出心裁地考虑这大楼是否安全呢。"

"但是，危险是确实——"

"好啦!"须原英介粗暴地打断我的话,大声嚷道,"你去告吧! 说东京有一幢极危险的大楼! 但是,从实质上来看,住在这幢大楼里的人,和住在其他大楼里的人在安全上有什么两样呢?"

须原英介把我朝门外推去。"好,去吧,去告吧。但是,我有话在先,我绝不会轻易认输的。"

我没抵抗。

这一难以置信的事叫我太吃惊了。出了公寓,我摇摇晃晃地朝家走去。这事究竟该如何评价? 是好事,还是坏事?

雪,还在下,积雪更厚了。

[日本]眉村　卓　原作

吴晓枫　改写

芬　插图

两个"小祖宗"

一、儿童病院的小病号

儿童病院的一间房间里，有两个不安分的男孩。因为他俩老爱吹牛聊天，小病友们就给他们一人起了一外号：一个叫"吹破天"，一个叫"聊破天"。但是时间长了，大家干脆就叫他们"小吹"、"小聊"了。

"等我病好了，就发明一架时间旅行机，飞到几百年以后的世界，上太空城去逛一圈。"胖墩墩、圆脸圆下巴的小吹神气活现地说。

"别吹啦！时间旅行机，是威尔斯科幻小说里的事，哪是你发明的？"瘦精精的小聊瞪着迷茫的大眼睛，不紧不慢地说，"要真有时间旅行机，我一定骑上它飞到几百年以后的海底城玩一趟。"

小病友们来了情绪，你一言我一语地谈天说地。他们都忘了病痛的苦恼，更没注意到医生高叔叔一直在默默地盯着小吹和小聊，沉吟不语。他太喜欢这两个可爱的孩子了，可是，他们俩得的是不治之症，如果把他们送到几百年后去，他们的病一定能治好……

二、"冬眠"宫

"喂，小吹，小聊，早上好！"这天，高医生乐呵呵地走进病房，"怎么样？真地把你们俩送到几百年以后去生活干不干？"

小吹和小聊简直不敢相信自己的耳朵，可是高医生却很认真地向他们解释开了："你们知道，蛇和熊冬眠，是用减慢新陈代谢速度的办法度过严冬的，等春天到来时再复苏。最近我们医院创办了一座冬眠宫，可以用液氮把人的体温降到零下一百多摄氏度冷冻起来，并且可以按照被冻者的愿望，在许多年后使他复活。如果你们愿意，就可以……"

"太好了！"小吹还没听完高医生的话就高兴地

嚷起来，"几个世纪以后的医学一定很发达，准能把我和小聊的病治好！"

"我们愿意做冬眠人！"小聊也兴奋地说。

几天后，小吹和小聊来到了郊区冬眠宫：十分安静的大厅，四周有一扇扇玻璃门，把许多浅蓝色的小房子严严实实地隔开。小吹和小聊看见，在那一间间光线柔和的小房子里，躺着好几位面容安详的冬眠人，每个冬眠人的唇边，都露出一丝淡淡的微笑，仿佛在憧憬着美好的未来。

哦，冬眠宫！多么令人遐想的地方！怀着对未来世界的美好幻想，小吹和小聊接受了人体冷冻术……

三、成了"小祖宗"

……小吹抖动着睫毛，睁开了眼睛，悠长的三百年岁月，对他来说好像仅仅睡了几天几夜。

他转动着眼睛，四下一看，不由地吓了一跳：有几张十分古怪的脸正盯着自己。瞧他们一个个高高的额头活像菠萝，一对对晶亮的大眼睛就像他小时候玩的玻璃球，嘴又小又薄，只有身子还挺匀称。这是些什么人，噢，明白了，准是我冬眠醒来了，这些人一定是三百年以后的人！

"小吹，你醒了吗？咱俩睡了三百年，真是睡够啦！"

小吹一回头，只见躺在旁边床上的小聊，正揉着眼睛，瓮声瓮气地和他说话

小吹伸伸腿，嗬，当年患了骨癌的腿一点也不疼了，弯曲自如。再瞧瞧小聊，曾经要失明的双眼澄澈清明，正冲着自己笑呐！

小吹高兴极了："喂，老朋友，感觉怎么样啊？我可有点饿了，真想吃只烧鸡！"

"我也饿了，要能吃只红烧猪蹄就好了。"小聊也慢悠悠地说。

那几个人互相看看，不知所措地耸耸肩。原来，现代人听不懂他们三百年前使用的语言！

这时，一位长得一点也不古怪的小姑娘，走到病床前，叽叽咕咕地当起了翻译。

哈哈哈哈！四周那些古怪的人们个个笑得前仰后合。

"小吹，小聊，"姑娘笑吟吟地说，"我也是三百多年前的冬眠人，叫珍珍，比你们俩早醒两年，已经学会了现代语。刚才他们要我告诉你们：猪蹄和烧鸡都是古代人的食品，如今早就没有啦！现在人们吃的是各种人造蛋白、海洋生物和各种果制品、奶制品。再说，刚苏醒后的一个月里，你们只能吃流质食物不然内脏要受伤的！喏，这位高个子叔叔就是你们俩的康复医生！"

"叔叔？"小吹不服气地哼了一声，"我俩可是三百年以前的人，凭什么叫三个世纪以后的人叔叔？"

"就是嘛，"小聊也嘀咕着，"他该叫咱老祖宗才是！

哈哈哈哈！嘻嘻嘻嘻！这群模样古怪的人笑得更厉害了。

四、真要上天入海啦！

"哇，太漂亮啦！这是什么地方？"

小吹和小聊坐着轮椅来到外边，立刻就惊呼起来。

四周白雪皑皑，一座座冰峰上矗立着一幢幢冰砌的小楼，在阳光下反射着金灿灿的光芒。不远的前方，是湛蓝的海湾。

"这是南极！"珍珍跟在他们身后介绍，"这些冰砌的房子不会融化，因为撒上了凝冰剂。有了凝冰剂，这千里冰原上的冰层成了用不完的建筑材料。"

"珍珍姐,"小聊问,"为什么把我们弄到南极来?"

"这是专家们的主张!咱们在低温环境中长眠了几个世纪,复温时如果稍不当心,身体就会受伤。南极的低温对我们的康复有利!"

小吹和小聊这才发现,他们几个穿得都很单薄,在这天寒地冻的地方怎么一点也不觉得冷呢?

"这衣服能随外界温度的变化,自动调节温度,所以当代人不用像咱们过去那样,随着季节变化增减衣服,"珍珍笑眯眯地回答。

"喔,海湾里的冰山怎么跑得那么快?噢,有条小船拖着呐!奇怪,这么小的船怎能拖这么大的冰山?这冰山是往哪儿拖呀?"小吹看到什么都新鲜。

"这是条遥控无人驾驶

的液氢船，船小动力大，
要把冰山拖到缺淡水的地
方去！"

"呀，真不愧是三百年
后的世界，科学果然发
达！"小吹、小聊欢呼道。

一个多月后，小吹和
小聊已经能在地下又蹦又
跳了，还能和护士比划着
用现代世界语对话。

"喂，小祖宗，送你们
一个上太空城，一个去海
底城怎么样？"这天，康复
医生手捧他们三百年前填
写的冬眠卡问。

"太棒了！"两个孩子
一蹦三尺高。

夜晚，小吹和小聊依依不舍地谈了很久。他们相互约定，今后要经常通信，报告各自在太空城和海底城的见闻……

五、小吹来自太空城的信

亲爱的小聊：你好！真想你。

我要告诉你的头一件事是：我会飞了！真的，你别以为我又在吹。

那天我乘飞船来到1号太空城。送我来的珍珍姐一到飞船码头，就递给我一身银光灿烂的紧身太空服，还在它的两侧安上了一对精制的人造翼。

"小吹，记住，这扣子是专门接受

你的脑电波的，"珍珍姐告诉我，"只要你想飞，就可以按动扣子，通过脑电波指挥这两只翅膀。来，跟我试试。"我屏住气脑子里想着"飞"，啊哈，我真的腾云驾雾似的飞起来了。

我又高兴又害怕，生怕摔下去。不过那人造翼还真机灵，随着我的

脑子想的"向左、向右、向前",顺利地飞呀飞。

从半空中,我俯瞰这座漂亮的太空城:高高低低的建筑物,三角形、梯形、塔形、圆形的,全部闪闪烁烁地大放异彩,令人目眩。

"这些建筑物的外墙都涂有一种涂料,能吸收太阳能,供室内发电、照明、取暖,到晚上又反射出亮光,供市区照明,"珍珍姐向我解释。

"可现在是白天啊!为啥五彩缤纷的,多浪费啊?"

"这是为了欢迎你——一位三百年前的地球少年呀!今晚太空城俱

乐部要专门为你开欢迎会呢。"我乐得有点忘乎所以，险些撞到一个塔尖上去！

在联欢会上，我还真露了一手。帷幕一拉开，人们看见我穿着茄克、戴着鸭舌帽、小脑门、小眼睛、厚嘴唇的模样古怪，一阵阵议论声不断传来。不过当我在缓缓转动的立体舞台上表演我的拿手好戏——新疆舞和迪斯科时，全场沸腾了。接着我又唱了一首过去在少年宫学会的歌"谁不夸俺家乡好"，还朗诵了几首诗。这时台下鸦雀无声，我看见不少人在悄悄地抹眼泪。

表演一结束，我就被掌声和鲜花淹没了，太空城的领导上台叽里呱啦地把我夸了一通。

"这位叫'小吹'的少年，把三百年前的优秀文化，活生生地带给了我们。人们一定要继往开来在先辈的基础上向前发展……"

从这一刻起，他们不再感到我古怪可笑，我也不感到他们陌生稀奇了！

晚上，我被安排在一间蜗牛形的华丽的房间里休息，一

切用具都由太阳能电脑控制。想吃什么，只要往一个仪器里放进一张卡片，香喷喷的饭菜就会摆上桌，想睡觉，只要按动一个电键，墙壁上就会弹出一张舒舒服服的床来，方便极了。

哇，夜已深了。明天我还要去太空城中学报到，就写到这儿吧。

小聊，快给我来信吧，谈谈你在海底城的趣闻。

你的百年好友 小吹

六、小聊来自海底城的信

亲爱的小吹：

见到你的信，真为你高兴。现在我把在海底城的事给你聊聊。你别以为我又在瞎聊，我告诉你的事百分之百是真的。

当我乘潜水艇来到海底城的入口处时，我真不知该如何是好了，我的游泳技术可不高明啊，怎么进城呢？

我正发怵，康复医生递给我一套"海人"服和一副人工腮。哈，想不到还真灵，我穿了这套衣服，在海里游得十分轻快！在蓝晶晶的海水中，艳丽的海葵轻

轻摇动着触手，各色美丽的小鱼从我身边游过去，不少海豚正驮着小孩在玩耍。

游到市区时，一阵阵悦耳的乐声从一幢幢别致的小屋中流泻出来。小屋都建在海底小山丘上，屋顶都呈拱形，大概是为了分散海水的压力吧？

在"闹市"，穿梭不息

的各式小船，简直和咱们三百年前马路上的汽车一样多。人们穿着五彩缤纷的海人服在水中游来游去。这座海底小城，比我们三百年前想象的还要棒！

在一座叫"龙宫"的海底俱乐部里，我也受到了现代人的热烈欢迎。医生把我介绍给大家时，人们惊喜地把我围了个水泄不通。他们知道我会画画，特意从博物馆里拿来了毛笔和宣纸。嘿，这下我可大显身手啦，刷刷刷，一下画了好几幅：有咱们那时代的房子、轮船、火车、飞机和登月飞船……画完一幅，悬在半空的大屏幕上就映出一幅，四周便立即爆发出一阵阵掌声和赞叹声。

小吹，这时我想起了三百年前，老师带我们去参观西汉马王堆古墓时的情景。当时我看到那些古画和蝉衣，对咱们中国的古代文明佩服得五体投地。而现在，又轮到现代人来佩服咱们了。不过说实话，还是现代人更有能耐：咱们以前胡吹瞎聊的太空城、海底城，在他们手里都成了现实！咱们不服气不行。

对了，还告诉你一件有趣的小事。那天我画完画，不知从哪儿蹦出个小姑娘，在我腮帮子上亲了一口，大额头直撞得我脑门生疼。"讨厌！"我咕哝了一句，瞪了她一眼。

"呀，小祖宗发火啦！"她故意大惊小怪地一嚷，惹得人们哈哈大笑。康复医生告诉我：她叫飘飘。前不久，她代表地球少年去火星参加一个星际智力竞赛，得了一等奖，刚刚回来不久。

没想到这小丫头这么有出息！我正暗暗叹服，飘飘走过来笑嘻嘻地和我握了握手。打这以后，我们成了好朋友。过元旦时，她说一定要跟我去太空城看望你和珍珍姐。到时候，让她讲讲火星之行，那才有意思呢！

请代问珍珍姐好！

你的百年老友　小聊

215

七、尾 声

"喂，小吹，我给你带来了贵客！"元旦这一天，小聊果然从海底城风尘仆仆地赶到太空城来看望老朋友了。他的身边，站着一位身穿鱼鳞服的小姑娘。

"是飘飘吧?！"小吹和珍珍高兴地嚷了起来。大伙又是握手，又是拥抱，又是跳跃……

"呀，你们的现代语都讲得这么好，"飘飘一副惊讶的模样，"听大伙说，你们很争气，生活在我们这个现代社会里，比起其他人来，毫不逊色。大哥哥大姐姐们，请接受我——一个现代人对你们的崇高敬礼！"

216

说完，她调皮地一鞠躬。

"哈哈哈！"小吹、小聊和珍珍，这三位三百年前的小古人，都开怀地笑了。

[中国] 晶　静

殷恩光　插图